AF366147

L'AFFAIRE FLAUBERT

L'AFFAIRE FLAUBERT

Marie-Noëlle Garric

ISBN : 978-2-37011-643-7
Éditions Hélène Jacob – 13 Impasse Victor Gesta – 31200 Toulouse
Imprimé par Amazon KDP
14,90 €
Dépôt Légal Octobre 2018

Design couverture : Jérémy Calli

I

« *Accident. Toujours déplorable et fâcheux. (Comme si on devait jamais trouver un malheur une chose réjouissante)* »

Flaubert
Dictionnaire des idées reçues

26 octobre 2016, 19 h 37

« ""L es cœurs des femmes sont comme ces petits meubles à secret, pleins de tiroirs emboîtés les uns dans les autres. On se donne du mal, on se casse les ongles, et on trouve au fond quelque fleur desséchée, des brins de poussière ou le vide."[1]

— Vraiment Flaubert, vous n'êtes pas drôle du tout. Vous me fatiguez avec votre misogynie à deux balles !

— Adèle… Prenez de la hauteur ! Vous méritez mieux que cette minable vie étriquée et laborieuse. Vivez, que diable ! »

La pluie fouette le pare-brise avec force. Les milliers de gouttes propulsées divisent les lueurs des phares, en face. L'essuie-glace est à la peine sous cette averse venteuse.

---

[1] Flaubert, *L'Éducation sentimentale*.

26 octobre 2016, 20 h 28

À nouveau, le téléphone sonne dans le petit habitacle. Elle ne veut pas répondre. D'un autre côté, elle se sent vaguement perdue sur cette route de campagne. Sans doute va-t-il l'aider à se diriger. Au travers des sillons tracés par les gouttes furieuses, l'essuie-glace glisse et restitue quelques instants avec netteté les pointillés de la ligne médiane. Elle décroche.

— Je suis plus ou moins paumée avec votre absurde itinéraire à travers champs…

— Pourquoi voulez-vous inviter votre imbécile de mari en Normandie ? Nous ne sommes pas suffisamment en harmonie tous les deux ? Vous vous doutez bien, Adèle, comme le disait ou plutôt l'écrivait notre maître, « Quand l'ambroisie défaille, les Immortels s'en vont. »[2]

— Je suis perdue, vous m'entendez ? Et je me contrefous de ce que vous essayez de me dire… Et puis, zut ! Je suis au volant, et je sais que je ne devrais pas répondre !

— « Mais il ne faut jamais penser au bonheur, cela attire le diable, car c'est lui qui a inventé cette idée-là pour faire enrager les humains ».[3] Il est pitoyable, votre futur week-end en amoureux… Tellement prévisible, tellement gnangnan. Adèle, vous êtes faites pour les grands frissons, les individus d'exception. Pas les petits profs minables. Annulez !

— Merde de merde. Foutez-moi la paix. Abruti ! Vous n'avez pas l'impression d'abuser ? Je ne veux plus avoir… Oh, non… non…

Quelques secondes de vacarme : des freins qui hurlent, des cris de terreur ou de souffrance, de la tôle qui plie, et puis rien. D'une part, juste une main qui ferme son téléphone. Et de l'autre, une tête couchée sur un volant, avec le sang qui s'écoule trop vite, trop fort.

---

[2] Flaubert, *La Tentation de saint Antoine*.
[3] Flaubert, *L'Éducation sentimentale*.

1 – Adèle est morte…

« Et c'est à toi que je m'adresse, Adèle, qui nous a quittés si tôt et si brutalement. Que ton enthousiasme, ton rire et ta générosité nous éclairent encore longtemps… toi qui… »

Je rêve ou cet exalté est en train de la transformer en sœur Emmanuelle ? Elle m'avait toujours dit que son frère était excessif, mais, là, il l'ensevelit deux fois.

La vraie Adèle, celle que j'ai connue, était plus nuancée, plus mystérieuse et beaucoup plus intéressante. Comme la semaine dernière, quand elle avait décidé de se rendre en Normandie. Seule. Et que je lui ai demandé si elle avait un petit ami dans l'aiguille creuse. Elle avait eu un drôle de hennissement, ce que l'excité nécrologique appelle son rire, et elle m'avait répondu :

— Ger… On s'est toujours promis qu'on n'était pas obligés de tout se raconter.

Et j'avais fait le malin, le détaché, alors que je mourais de trouille. D'abord, parce qu'elle et les limitations de vitesse, ça faisait deux, et puis, parce qu'à force de plaisanter sur son amant potentiel, j'avais fini par y croire un peu. Et pourtant, elle avait le don pour me rassurer quand elle me passait la main dans les cheveux et qu'elle me répétait si sérieusement qu'elle m'adorait. Merde, c'est au passé qu'il me faut en parler… J'ai mal. Adèle, raconte-moi que c'est une blague, que tu n'es pas en compote dans cette boîte, pendant qu'Édouard pérore devant une assemblée muette et reniflante. Dis-moi que tu vas bouger ta graisse, comme tu aimais t'exprimer en palpant tes bourrelets imaginaires…

« Germain, je me tourne à présent vers toi, son compagnon, son mari. Nous partageons ta souffrance tout autant que nous la comprenons, nous sa famille, ses amis, tous ceux qui l'ont connue… »

Pitié, Édouard ! T'es pas obligé de verser dans le cliché et le rythme ternaire ! Qu'est-ce que tu entends à ma peine, empaffé ?

Je deviens mauvais, j'ai envie de le mordre. Il n'en mérite pas tant. Il est juste con.

La main de Vincent se crispe sur mon épaule. Je sens qu'il saisit ce qui se passe. Georges me tend un mouchoir. Il faut croire que je pleure, comme Charlotte, à côté de moi, qui soupire en me pétrissant le bras. J'entends des sanglots énormes exploser à ma gauche. Qui est-ce qui se fond ainsi en larmes et en cris ?

Un rondouillard est écrasé de chagrin à côté d'un cyprès. Il porte un duffle-coat verdâtre. Des lunettes qu'il enlève pour s'essuyer les yeux avec une manche de son truc en forme de manteau. J'ai la rage. Il fait un concours de celui qui sera le plus effondré ? Je regarde à nouveau la boîte. Adèle… Qui est ce crétin qui pleure à ton enterrement ? C'est pas ton mari, puisque ton mari, c'est moi. C'est pas un type de ta famille, ils sont tous sur le même moule, cachemire, chemises et pompes très chères.

T'as un frère inconnu ? Un gars qui viendrait d'une quelconque infidélité de Jean-Maurice ? Il aurait fricoté de près avec une hippie ? Parce que, il faut reconnaître que sa gueule trempée ne ressemble pas à celle des Chapelot… Et encore moins à Bénédicte, surannée, classieuse et chichiteuse, comme une publicité pour Cyrillus.

Putain, Adèle ! Et ne me répète pas une fois de plus avec ton air à ne pas y toucher que je suis grossier. Et d'ailleurs, tu sortais des bordées de jurons à faire rougir un bataillon de légionnaires. C'était ta manière à toi d'affirmer qu'une existence semblait possible en dehors des Chapelot, du repas dominical, de la messe à Bazoches, des polos d'Édouard, des parcours de golf et du pool house.

Tu te rappelles, Adèle, quand tu m'esquissais un doigt d'honneur sous la nappe pour ponctuer les discours en guimauve bien pensante de ta mère ?

« On dira ce qu'on voudra de la consommation à outrance… mais se procurer un produit de bonne marque est essentiel. Par exemple, moi. J'ai toujours acquis mes serviettes de bain chez Bourgin à Montfort.

Eh bien, je m'y retrouve sur tout. La qualité n'a pas bougé, et je ne suis pas obligée d'en racheter tous les 25 du mois ! »

D'ailleurs, si la puissance de mon souvenir est correcte, et je crois qu'elle l'est, c'est Jean-Maurice qui avait répondu :

« En somme, Bénédicte… tu nous dis qu'il faut être riche pour économiser ! » Et tous les Chapelot de rire devant la saillie paternelle, pas si fausse que ça par certains côtés, tandis qu'Adèle me serrait les doigts avec force pour me faire oublier les péroraisons familiales.

« Ger… T'es plus qu'important pour moi. Mais je ne veux pas de barreaux, je ne veux pas de principes. Je veux t'aimer, mais je veux rester libre. C'est possible, ça, non ? Entre deux êtres doués de bonne volonté et d'imagination. On doit pouvoir se créer une vie qui nous ressemble… » J'avais secoué la tête, on avait discuté des heures. Et on avait développé un code de conduite commun, entre des ébats joyeux ou graves, mais si souvent délicieux…

Adèle, ne me dis pas que tout ça est fini… Je sens que Charlotte me parle. Vincent et Georges aussi. Je n'entends pas. Juste un brouhaha. On se déplace. Les Chapelot viennent m'embrasser. Bénédicte est digne, mais son nez est rouge. On se regarde. Je n'ai pas de mot, simplement un étau qui me broie la poitrine, me serre la gorge, m'obscurcit.

Il fait si beau, mon amour ! Un petit vent frais d'automne caresse la tombe et la lumière d'octobre découpe avec netteté les volumes, les cyprès, les fleurs. L'odeur des gerbes de roses me poursuivra longtemps.

Plus tard, il y aura un repas. Des gens qui me prendront dans leur bras et que je ne connaîtrai pas. Ou pas plus que ça. Ou dont je me contrefous. Je cherche le duffle-coat verdâtre. Le frère indigne. Il a disparu entre le cimetière et ici. N'empêche que, pour pleurer ainsi comme un veau, il fallait qu'il te pratique sérieusement, Adèle ! C'est pas juste la piété fraternelle qui semblait l'animer.

Putain… Adèle. Ne me dis pas que tu t'es tapé ce type ?

2 – Étienne était-il un cubitus ?…

Ça fait trois mois que je survis. Peut-être même plus, je ne sais pas trop. Parfois, je me dirige vers le calendrier de la Poste et je regarde la date que j'ai barrée en rouge : 26 octobre. La Saint-Dimitri. Celui-là… C'est qui d'abord ? Il n'était pas censé te protéger ? Je radote, je dis n'importe quoi. La souffrance me rend con, superstitieux, fragile. J'aimerais me raccrocher à n'importe quelle branche, mais elles se brisent toutes et je sens la douleur cascader, ricocher à longueur de journée. Ce sont les multiples objets que tu avais choisis et dont je ne sais plus que faire. Les casser ? Je l'ai fait hier avec l'atroce statuette qu'on avait acquise à Belle-Île et qui te faisait « mourir de rire et de mauvais goût ». Deux personnages enlacés en coquillages, « peints à la main », qui se regardaient, l'air niais. Tu avais henni devant la boutique de souvenirs en disant que tu voulais absolument t'acheter, nous acheter ce chef-d'œuvre qui aurait fait « planer ton père et ta mère et tous tes ancêtres pétris de bon goût ». Je l'ai fracassé hier, les coquillages sont partis en vrille, et j'ai balayé. Aucun soulagement dans ce happening morbide. De toute façon, je ne suis bon à rien, maintenant.

Je n'ai pas encore pu distribuer ou jeter tes habits. J'ai juste cédé à Charlotte ton écharpe verte. Tu vois laquelle ? Celle que tu mettais lorsqu'on faisait du vélo… Celle dont tu disais qu'elle te donnait un air de baroudeur d'opérette.

Je ne sais pas si je deviens fou, mais j'ai l'impression que ton odeur flotte parfois dans la salle de bains. Un mélange léger d'épices douces et de fleurs. Je renifle l'armoire, la commode. Je traque l'illusion, le rêve, le fantasme. Je voudrais oublier un instant. Tu comprends, Adèle… Ce sont les matins qui sont difficiles. Pendant quelques secondes, juste avant d'ouvrir les yeux, je fais comme d'habitude.

Je tâte le lit et je cherche ton corps. Et d'un coup, la douleur arrive. Brutale et aiguë. J'atterris en plein dedans. C'est ça ma réalité, maintenant. C'est avec elle que je dois composer. Je ne sais pas si j'y adhère encore. Si je ne guette pas parfois ton pas dans l'escalier. Si je ne crois pas, dans cette espèce de faiblesse généralisée dans laquelle je m'enlise, que tu vas m'apparaître. Et que tout va recommencer comme avant. Comme dans les livres dont nous nous moquions tous les deux, où l'amour est plus fort que la mort.

Foutaises. Tu n'es plus là. Et je deviens dingue.

J'ai repris le boulot.

Les gosses ont été sympas… Discrets. Le délégué des Premières S est venu gravement me serrer la main et m'assurer de leur soutien. J'ai fait le costaud. Mais je n'en menais pas large quand je me suis assis au bureau devant toutes ces paires d'yeux qui me dévisageaient. Mes collègues m'ont embrassé, pétri le bras ou les doigts, m'ont offert temps, assistance, écoute.

Je suis dédoublé. Une partie de moi répond aux phrases convenues par des phrases convenues. Une autre hurle en silence qu'on lui foute la paix, qu'on le laisse se rouler en boule et pleurer. Adèle… J'aimerais m'endormir et me réveiller guéri de ton absence et de cette douleur qui me brûle. Tu crois que je vais m'en sortir ?

Et en plus… tu me connais… Je me trouve tellement crétin et pleurnichard que j'ai envie de me battre. Tu n'es même pas là pour me dire :

— Ger… Sois indulgent avec toi-même. Relâche-toi ! T'as le droit d'être en colère ou fatigué, ou triste.

Tu m'as bien laissé tomber. Et d'abord, qu'est-ce que t'allais fricoter quelque part en Normandie ? T'avais un amant qui te faisait grimper aux rideaux ? Plus intensément que moi ? Adèle… Je deviens fou. Tu me rends fou. Tu m'exaspères, mon trésor. Tu m'as planté là comme un con, t'as rien trouvé de mieux que de t'enrouler autour d'un arbre, à la sortie d'un tournant que tu auras pris comme une idiote encore… soit à farfouiller dans la boîte à gants, soit à te rouler une cigarette, et, le tout, si possible à plus de 110 kilomètres à l'heure sur une départementale sinueuse. Tu l'as fait exprès ou quoi ? Tu te croyais invincible ? À 42 ans, ça aurait dû te passer. Y'a un moment que les gens normaux ont compris qu'ils n'étaient pas éternels, que la prudence au volant, c'est juste nécessaire et pas réservé aux timorés. J'enrage. J'aurais dû t'interdire de partir là-bas. Quoi ? Quoi ? J'oublie nos conventions ? Je fais le macho minable ? Pire ! Celui qui veut réglementer ta vie et enrégimenter tes rêves. C'est à peu près ça que tu m'avais balancé quand je n'avais pas paru enthousiasmé par ta virée normande.

Bon. Je suis en train de devenir fou. Je vais me faire un café. Le téléphone sonne. J'hésite à répondre. Allez, Germain… Reviens dans le monde réel, celui où un collègue va sûrement te proposer de l'accompagner en sortie, où Charlotte t'invite à manger dimanche, où tu corriges et tu prépares des cours.

Je décroche. Et là, Adèle, je n'ai pas reconnu ni le timbre ni le ton. La voix me dit :

— Bonjour ! Vous ne me connaissez sans doute pas. Je me présente, je m'appelle Étienne Malet-Brias.

— Oui ? dis-je avec autant de chaleur qu'un torrent parcourant une toundra glacée.

— Vous êtes bien Germain Hérelier ?

— Il paraît.

Ce n'est pas pour être spirituel que je réponds ainsi, c'est parce que la rage m'inonde et que je ne sais plus qui je suis vraiment.

— Il paraît ? Vous n'êtes pas sûr ?

L'intonation est un brin inquiète.

— Admettons…

À côté du ton de ma voix, je crois qu'un aboiement de molosse est aussi doux qu'un solo de harpe. Je sens que mon interlocuteur va m'apporter un tas d'emmerdements. Et d'ailleurs, je ne le sens pas, j'en suis certain. Mais ça ne fait rien. Je ne raccroche pas. J'ai envie de me torturer, de foncer dans les ennuis pour me distraire.

Toi, tu sais qui il est, Adèle, moi, je vais l'apprendre.

— J'aimerais vous rencontrer. J'ai un tas de choses à vous dire. Il faut vraiment que je vous en parle en tête à tête.

— Et moi, j'ai envie de mordre, et surtout pas de discourir avec des inconnus.

Je m'entends aboyer, je n'ai même pas honte. J'ai tout perdu. Y compris l'éducation. Néanmoins, je n'oublie pas que je cherche les ennuis et je poursuis.

— Lâchez ce que vous avez à m'apprendre… Au point où j'en suis, vous pouvez m'annoncer que je ne suis pas le fils de mes parents et qu'on nous a échangés à la naissance, je m'en contrefous.

— Je préférerais monter à votre appartement.

— Bon Dieu, vous êtes où ?

Je croasse tout en me dirigeant vers la fenêtre de la rue.

Et là, j'aperçois le rondouillard en duffle-coat, l'éploré, la fontaine qui se répandait à l'enterrement d'Adèle. Il me fait un signe timide de la main.

J'appuie sur l'ouverture de la porte, je braille troisième gauche et j'attends sur le palier. Il grimpe. Je sens les emmerdements arriver. Une forme d'excitation malsaine me vrille le plexus solaire. De près, il ressemble à un vieux bébé monté en graine. Ses lunettes sont sales. Il me tend la main avec une sorte d'ingénuité, comme si nous étions deux potes qui ne se seraient pas vus depuis une éternité.

— Germain, j'ai bien connu Adèle, et j'ai des révélations à vous faire.

Je le fais entrer. Il s'assoit sur le canapé, comme s'il était épuisé. Je prends place sur un fauteuil, en face de lui. J'ai peur. Je suis même tétanisé par la pétoche. Néanmoins, je lui fais signe d'accoucher. Adèle, tu ne m'auras rien épargné. Rien.

— Je ne sais pas par où commencer, énonce-t-il. J'ai rencontré Adèle à une soirée chez les Martinez. Vous n'aviez pas pu venir. Trop de copies à corriger. Moi, dans le temps, j'ai gardé les gosses de la tante Martinez, et on a tissé des liens.

Pour l'instant, je trouve que le type ne manque pas d'air, on dirait qu'il en connaît un bout sur moi. J'attends la suite, les nerfs tendus comme des cordes de violon.

— Voilà… Avec Adèle, on a sympathisé. J'ai tout de suite aimé son style, son humour, son rire.

— On a déjà ça en commun, dis-je, partagé entre le désespoir et le cynisme qui va avec chez moi.

— Elle a vraiment apprécié le fait que je sois nounou à domicile…

— Moi, ça me laisse froid.

Je commente avec accablement. Je sens venir le coup de poignard qui va m'achever.

— On s'est embrassés. Elle m'a dit qu'elle était mariée avec vous, qu'elle vous adorait, mais que vous étiez libres de rencontrer d'autres partenaires…

Je hais le rondouillard. Il m'apprend qu'il a été l'amant de ma femme et, en plus, il me raconte ça comme s'il me lisait un livre de développement personnel.

— Alors, on s'est revus plusieurs fois, chez moi. On a même passé un délicieux week-end ensemble. On est allé visiter la maison de Monet à Giverny. Vous connaissez ?

— Je ne connais pas, salopard… Mais ce que je vais te donner, ça, tu vas le connaître.

Je me lève. Le rondouillard se tasse sur le canapé comme s'il s'y attendait. Je lui balance quelque chose entre l'uppercut et la gifle. Il s'écroule entre les coussins, le nez en sang.

— Qui t'a permis de baiser ma femme, hein ? Je ne sens pas bien tout ce que ma question peut avoir de rhétorique. La rage m'aveugle.

— Elle…

Il se relève péniblement, sort un vieux mouchoir en papier du duffle-coat verdâtre et maintenant taché de sang. Il hoquette, il suffoque.

— Elle, reprend-il, qui m'a assuré que vous aviez une sorte de contrat entre vous deux. Qu'elle était libre, même si, en aucun cas, elle ne se serait séparée de vous ! Vous étiez sa colonne vertébrale, m'a-t-elle dit.

— Et toi, t'étais quoi ? Son cubitus ?

Je hurle. Je suis un radiateur de haine chaude et explosive.

— J'étais son jardin secret.

Il me balance ça avec le même naturel qu'il a mis à me saluer. D'un coup, je suis sans force. Je viens d'avaler un boa et je manque d'oxygène. Je regarde le rondouillard parler, mais je ne l'entends plus. Je le vois se lever, un mouchoir rouge devant le nez. Il m'évente avec un vieux magazine. Il me tapote les joues. Je l'aperçois dans un brouillard jaunâtre partir et revenir avec un verre d'eau qu'il me fait boire avec une sollicitude maternelle.

Quelques minutes passent, en silence.

Le monde se colore à nouveau autour de moi. Le rondouillard est en technicolor et je suis anéanti.

— Notre relation a duré jusqu'à… l'accident. Avec ce soudain et grand silence d'elle pendant plusieurs heures, j'ai cru devenir fou. Je ne savais pas à qui m'adresser. Puis, j'ai téléphoné à la tante Martinez. Et j'ai demandé des nouvelles d'Adèle. Elle était bouleversée, elle venait d'apprendre qu'elle… enfin… qu'elle était décédée dans un terrible accident de voiture, quelque part sur une route de Normandie. J'ai mis toute mon énergie à ne pas crier… J'en étais fou, vous savez ?

— Non…

— Excusez-moi… Ce n'est pas ce que je voulais dire. Votre femme était formidable.

— Je suis au courant…

— Je suis maladroit. Mais mettez-vous à ma place, ce n'est pas évident d'avouer ce que je viens de dire…

— Non, je ne peux pas me mettre à votre place. (J'avais repris le vouvoiement en même temps que mes esprits) J'étais son mari. Je n'ai pas la capacité de me mettre à la place de l'amant de ma femme.

— Oui ! Je comprends.

Son nez rougit. L'hémorragie semble s'être arrêtée. Il me vient un soupçon de honte devant mes agissements de furieux. Quelle importance aujourd'hui ? Adèle ? Tu m'entends ? Adèle… Je me sens tellement misérable. Dépossédé. Raclé jusqu'à l'os. Décapé.

— Germain… Je ne vous aurais pas avoué tout ça, s'il n'y avait pas autre chose…

— Pitié, Étienne... C'est bien ça, Étienne ? (Le rondouillard opine) N'allez pas encore rajouter qu'elle attendait un enfant de vous ou que vous alliez faire le tour du monde en amoureux.

— J'aurais tant voulu... Mais elle disait qu'elle ne souhaitait pas d'enfant, que c'était trop tard et que, si elle en avait eu un, ç'aurait été avec vous... et pour le tour du monde, ça aussi, ç'aurait été avec vous, j'en ai peur. (Étienne a les larmes aux yeux. Il me toucherait presque, l'animal !) Non, j'étais dans votre ombre. J'étais un petit pas de côté. Ce que j'ai à vous dire encore ne concerne pas Adèle et moi, ni Adèle et vous... Voilà. Elle avait laissé chez moi une veste rouge. Il y a deux jours, j'ai décidé de la porter à nettoyer. Je l'avais affichée au-dessus de mon lit parce qu'il me semblait qu'elle contenait toujours la présence d'Adèle. Mais je ne voulais pas qu'elle se ternisse ou s'empoussière. Machinalement, j'ai retourné les poches.

— Et...

Je retiens mon souffle. Tout en moi est en éveil.

— Et j'ai trouvé ce billet. Froissé. En boule même. Tenez !

Étienne me tend une page de carnet déchirée, qu'il a dû déplier et lisser tant bien que mal. Dessus, avec un stylo rouge quelques mots sont tracés : « ESPÈCE DE SALOPE, TU VAS PAYER DE TA VIE. UN ACCIDENT EST VITE ARRIVÉ ».

Les lettres sont petites, malhabiles, on dirait que la personne a écrit avec sa main gauche. Il n'y a pas de fautes. Étienne me regarde, comme s'il attendait que je résolve une énigme. Une nausée me submerge. J'ai froid. Je ferme les yeux quelques minutes. Quand je les rouvre, il est encore là. Ce n'est pas un cauchemar. Je tiens un mot qui me révèle qu'Adèle a peut-être été assassinée...

3 – Il y a un temps pour pleurer, un temps pour râler et un temps pour agir

Étienne est reparti. Je suis resté seul. Dire que j'étais désemparé, c'est une litote. C'est comme expliquer à quelqu'un qui vient de perdre père et mère dans un accident que finalement, au bout du compte, il a eu de la chance de ne pas être dans la voiture avec eux. Je suis en miettes. Je n'arrive pas à raisonner un tant soit peu juste et droit. Je dois vérifier tous les gestes machinaux que je fais d'habitude, pour savoir si je n'ai pas mis ma brosse à dents au frigo. Je fais le mariole, le cynique, pour tenir cette histoire à bout de bras, le plus loin possible de mon corps. Adèle avait un amant, une espèce de nounours mal fini, et elle avait reçu des menaces qui laissent à penser que son accident n'est pas naturel… Genre crime, ou même assassinat.

Adèle, merde ! Je sais que tu n'avais pas toujours bon goût… Mais l'autre, là, limite cradingue, en tout cas pas vraiment net, avec ses binocles ronds, ses cheveux frisottés coupés au bol, et son duffle-coat verdâtre… Tu as fait fort. Et d'apprendre ça après ta mort, ça fait de moi un cocu posthume ?

Je sens que je vrille. J'ai envie de crever. De lâcher. Le type m'a achevé. Avec ses airs ingénus, sa bouille de vieux bébé et son billet froissé. Adèle, il y aurait quelqu'un, sur cette terre, qui te déteste au point de chercher à te tuer ? C'est impensable. Remarque, que tu te tapes cet hurluberlu aussi, c'est impensable. Et pourtant… Je sens que tout un pan de ta vie m'a échappé. Ce n'est pas un jardin secret que t'avais, c'est un parc… Je sais que tu voulais être libre, et retenue seulement à moi par un contrat tacite et renouvelable. Je sais que tu ne tenais pas à tout me raconter… Mais d'autres s'en chargent aujourd'hui, mon amour. Je t'avais dit que tout finit par s'apprendre.

Que le monde est minuscule, que les cercles de relations se coupent et se recoupent. Tu riais et tu ajoutais que tu n'avais rien de grave à cacher, juste des broutilles. Tu parles de broutilles…

Je suis là comme un con, à soliloquer avec ta photo. Tu sais ? Celle où tu prends un air mystérieux, en plaçant une mèche de tes cheveux contre ta joue. Tes yeux brun doré regardent l'objectif avec tendresse. Tu m'avais dit que tu te la faisais Greta Garbo. Tu avais un petit haut à rayures et un short blanc. Tu adorais parodier les stars. Tu adores… Je hais l'imparfait pour parler de toi. On raconte au présent, et paf ! Tout s'arrête et tu plonges dans le passé, alors que, moi, je continue à naviguer vers un futur merdique. Adèle… Si un salaud t'a exécutée, il faut que je le trouve. Et il faut que je le tue aussi.

Le téléphone sonne encore. J'espère que ce n'est pas un nouvel amant qui vient se faire enregistrer. Je décroche. Je suis au-delà de l'inquiétude. On dirait qu'on m'a passé le cœur au papier de verre.

— C'est toujours moi. Étienne…

— Oui ?

— J'ai bien réfléchi.

— C'est nouveau, non ? Ce type me met en transes, ranime chez moi des instincts tellement bas que je sens mes dents grincer.

— Votre agressivité me fait mal ! Arrêtez. Nous sommes dans le même bateau, maintenant. (Étienne est fébrile, sa voix chevrote légèrement) Nous devons agir. On ne peut pas en rester là, à déplorer l'accident d'Adèle en sachant qu'elle a sûrement été assassinée !

— Je serai agressif si je veux. En aboyant ces mots, je comprends que je suis honteusement ridicule, mais je m'enfonce et je creuse. Et je vous emmerde, Étienne.

— Bon… On peut peut-être essayer de discuter normalement, entre personnes adultes ? Vous ne referez pas le passé. Et puis, dites-vous que vous avez eu une sacrée chance de…

— La veine du cocu, Étienne…

— … d'être le mari adoré de cette femme. Quand elle parlait de vous, ses yeux brillaient, vous ne pouvez pas vous imaginer à quel point. Je me considérais comme peu de chose, à côté de vous. Vous aviez toute la place dans son cœur.

— Pas dans son lit !

En même temps, je me sens minable avec mes aboiements à la gomme de jaloux d'opérette.

— Bon ! (Étienne hausse le ton) Je sais, j'ai couché avec votre femme, j'ai été son amant, je l'ai adulée, même. Vous n'allez pas en faire un fromage ! Parce que, pendant ce temps, quelqu'un l'a sûrement tuée et court dans la nature pendant que vous faites une crise de jalousie déplacée.

— Dé-pla-cée ?

Ce type me fracasse.

— Oui ! (Étienne crachote dans le téléphone) Il y a un temps pour tout. Un temps pour pleurer, un temps pour râler… Maintenant, c'est le temps d'agir.

On dirait un Churchill de bas étage, sauf que c'était l'amant de ma femme et que j'ai du mal à digérer l'info. Néanmoins, je reconnais qu'il a raison et que s'il n'a pas d'autres qualités, il sait au moins hiérarchiser les priorités. À mon tour, je crachote dans le téléphone.

— Et vous voyez quoi, dans l'immédiat, Monsieur le donneur de leçons ?

— On devrait aller à la police et leur montrer ce billet.

— Tous les deux ? Et on leur dirait… Voilà. Je suis le mari, je suis l'amant et on a trouvé ça dans une veste…

— On s'en moque, Germain. Ce qui compte, c'est Adèle. Ce que pense la police de nos mœurs n'a aucun effet sur moi.

Ce type m'hurluberlise… J'en perds la repartie cinglante que je me préparais à lancer. Mes missiles ne sont plus que des pétards mouillés. Je me sens petit, mesquin, nombriliste. Et je suis d'accord avec lui. L'expression de ma jalousie est déplacée aujourd'hui.

Je continue…

— Quand ? Le plus tôt possible, non ?

— Je passe chez vous dans une demi-heure et on y va. À bientôt.

Étienne raccroche.

Adèle, je vais partir dans un rien de temps pour le commissariat du quartier. Avec ton amant. On va remuer ciel et terre, mais on trouvera le salaud qui t'a éliminée. Mais… reconnais, mon trésor, que tu me demandes un truc difficile, comme toujours d'ailleurs. Tu te rappelles quand tu m'as expliqué que tu voulais être libre ? J'ai accepté parce que je ne désirais surtout pas te perdre, mais je mourrais de pétoche que tu t'en ailles, avec un plus beau, plus gentil, plus intelligent que moi… Je n'ai rien compris au film. Ton amant, c'est un pot à tabac mal ficelé. Oui, Adèle, j'exagère. Mais il va te falloir admettre une bonne fois pour toutes que je ne suis pas exceptionnel. Je ne plane pas au-dessus des réalités, moi !

Peu de temps après, Étienne sonne, et je descends.

4 – Le commissariat, le duo et l'asperge

Le planton est aimable. Il nous fait lambiner sur des chaises sans âge, alignées dans un couloir verdâtre couvert de taches d'humidité. Peu de temps après arrive un grand maigre à la cinquantaine fatiguée. Il nous fait signe de le suivre et nous emmène dans un bureau terne. On s'assoit et l'échalas commence :

— Vous venez pour quoi ? Sa voix est épuisée par la cigarette ou la misère humaine. Ou les deux.

— Un meurtre ! brame Étienne.

L'asperge frémit. Je tends le billet froissé. Il le lit, fronce les sourcils et demande :

— À qui s'adresse ce billet ? Et il nous regarde alternativement, avec deux points d'interrogation au fond des yeux.

— À ma femme… Mais, cette dernière est morte il y a trois mois environ, dans un accident de voiture. L'enquête a conclu à une perte de contrôle du véhicule dans un tournant. Mon épouse était distraite, conduisait souvent vite. Je n'ai eu, hélas, aucun mal à accepter cette version des faits. Nous avons depuis retrouvé dans ses effets, ce billet.

— Nous ?… Qui est Monsieur ?

— Je suis… J'étais l'amant de sa femme.

Le grand maigre ne manifeste que très peu d'émotions, mais ses yeux se sont élargis et sa pomme d'Adam bouge comme s'il déglutissait.

— Vous êtes… amis ? Associés ? Vous vous connaissiez ?

— Pas jusqu'à il y a peu, Monsieur… ?

— Capitaine Mollier.

— Capitaine… En fait j'ai tout appris il y a quelques heures. Et l'existence de ce billet et que ma femme avait un amant. C'est Monsieur Malet-Brias qui m'a contacté.

Les mains du capitaine Mollier s'étalent devant lui, tandis qu'il effectue ce qui pourrait ressembler à des exercices d'assouplissement des doigts. Un peu comme un pianiste avant un concert, sauf que rien ne s'étend devant lui, à part un tas de dossiers, des trombones, des stylos et une photo dont nous ne voyons que le cadre.

— Bien… Reprenons donc. Monsieur…

— Hérelier ! Germain Hérelier.

— Voilà. Monsieur Hérelier et Monsieur…

— Étienne Malet-Brias.

— Bon… Vous avez déniché… Au fait, lequel de vous deux a fait la trouvaille de ce billet ? Je suppose que vous ne vivez pas ensemble…

— C'est moi ! répond Étienne. C'était dans les poches d'un vêtement laissé par Adèle Hérelier, chez moi. J'ai pensé immédiatement qu'il fallait que j'informe Germain. Parce que la mort d'Adèle devenait suspecte.

— Bien sûr, reprend le capitaine dont la voix semble trahir une ironie élégante et de plus en plus épuisée. Continuez…

— Eh bien, je lui ai téléphoné, puis je suis allé le voir et je lui ai expliqué ce que je suis en train de vous dire maintenant.

Le maigre nous demande la date de l'accident, le lieu, puis tapote sur l'écran de son ordinateur. Nous attendons en silence quelques minutes.

— J'ai là un résumé de l'enquête. Rien de suspect n'a été relevé, ni dans le véhicule, ni à l'extérieur, ni sur les lieux de l'accident. Votre femme n'était ni sous l'emprise de l'alcool ni de toute autre substance. Le dossier est vide. Complètement vide. Qui vous dit que ce billet n'est pas une blague ? Une sale blague, d'accord… Mais une blague quand même. Ou qu'elle jouait à un drôle de petit jeu avec un autre amant ?

— Mon épouse n'était pas ainsi.

Au moment où je prononce cette phrase, je me rends compte une nouvelle fois qu'il y a un abîme entre le Germain d'il y a trois mois et le Germain d'aujourd'hui. L'ancien ne croulait pas sous les certitudes, oh non ! Mais il croyait plus ou moins connaître sa femme. Et s'il s'angoissait souvent de ses escapades, il ne pensait pas qu'elle allait s'amouracher d'un petit rondouillard, qu'elle allait se massacrer dans un accident de voiture et qu'il serait aujourd'hui avec le susdit rondouillard devant un policier en train de le convaincre qu'Adèle avait été tuée. Ma voix tremble. La souffrance me tord à nouveau l'estomac. Une boule m'obstrue la gorge. Je poursuis en bredouillant :

— Elle chérissait sa liberté, mais elle ne faisait pas n'importe quoi. Elle n'aurait pas pu traîner avec un sale type.

Étienne me regarde avec reconnaissance.

— Je veux bien, Messieurs. Mais cet élément me semble bien mince pour relancer l'enquête. Vous ne savez pas, je suppose, de quand il date ni comment il a atterri dans sa poche ?

— On pourrait peut-être analyser ce billet et voir s'il y a des empreintes ? demande Étienne.

— Bien sincèrement, on y trouvera les vôtres, celle de votre épouse, et, à supposer qu'il y en ait d'autres, elles seront inexploitables. Sans dire qu'il faut qu'un individu soit fiché pour qu'on puisse l'identifier.

— Autrement dit, vous ne ferez pas une nouvelle enquête au vu de ce nouvel élément ?

Étienne chevrote, l'air bravache.

— Voilà…

Le capitaine Mollier soupire.

Il a devant lui deux types excités, le mari et l'amant d'une accidentée de la route. Ces deux barjots prétendent qu'elle a été assassinée et brandissent un billet qui doit le prouver. Ils lui rappellent, sans qu'il sache vraiment pourquoi, ses deux fils adolescents qui le harcèlent de demandes toutes plus absurdes les unes que les autres. « Papa, j'ai besoin d'une rallonge en argent de poche » ou « Je peux prendre la voiture, ce soir ? » Le capitaine est fatigué. Épuisé même. Proche du burn-out. Il en a marre d'un public à problèmes. Il veut retrouver des gens « normaux », qui ne se font pas piquer le sac dans la rue, tabasser par des inconnus, assassiner, enlever, tronçonner…

— Capitaine… (Je me sens d'interrompre le bref instant de rêverie douloureuse dans laquelle le maigre semble s'enliser) Vous avez conscience que vous prenez une décision qui ne vous honore pas, qui montre que la police se contrefout du citoyen lambda, et que, pendant ce temps, l'assassin de ma femme se promène libre dans la rue ?

— Oui. J'en ai parfaitement conscience. Il y a bien assez de nuisibles sur cette planète et j'en fréquente de manière plutôt répétée. N'allez pas me transformer un banal accident de la route en complot morbide. C'est déjà assez lourd avec les vrais meurtres pour que vous ne rajoutiez pas une tuerie imaginaire… Si ce billet constitue une preuve pour vous, pour moi, ce n'en est pas une. Le procureur n'a pas jugé bon d'investiguer plus avant. Il n'est pas homme à laisser une affaire suspecte lui passer sous le nez. Qui vous dit que Madame Hérelier n'avait pas relevé cette phrase quelque part ? Qu'elle n'avait pas un collègue facétieux ? Cet accident est parfaitement naturel. On n'a rien trouvé dans et sur le véhicule. Rien… Vous m'entendez ? Ni freins sciés, ni direction déviée, rien. La voiture n'a pas été sabotée, d'aucune manière. Ça… Vous le comprenez ? Alors, expliquez-moi comment elle a raté son tournant ? Seule, hélas.

Le capitaine a l'air encore plus épuisé qu'à notre entrée dans le commissariat.

Étienne me prend par le coude. Nous nous levons précipitamment. Je ne sais plus que penser. Ce type semble sincère et ses arguments font mouche. Pour provoquer un accident, il faut toucher au véhicule. Étienne bredouille quelques salutations bâclées. Nous sortons.

Je veux laisser l'amant de ma femme, le billet et nos élucubrations définitivement derrière moi. Je suis malade. J'ai envie de parler à Adèle, j'ai envie de la retrouver, avec son pull à col roulé brun, ses pantalons noirs et sa bouche si chaude et si douce. J'ai envie de vomir. De pleurer aussi. Et je me déteste de ne pas être plus fort. Étienne s'adresse à moi. Je l'entends à peine. Je le quitte brutalement et cours vers l'appartement, tandis qu'il m'apparaît, rond et désemparé à travers mes larmes.

Je vais me cacher, Adèle… Cette fois, je crois bien que tu es morte.

5 – Et Charlotte arriva…

Les jours passent, mornes. Désespérants. Je suis toujours dédoublé. Une partie de moi vit plus ou moins normalement, une autre se désagrège dans un grand silence blanc. Avec Charlotte, nous avons distribué les vêtements d'Adèle. D'abord, à ses amies, puis à des organismes de bienfaisance. Tout ce qu'on peut me dire de réconfortant tombe à côté de la plaque. « Tu verras, Germain, avec le temps, tout s'adoucira, et, qui sait ? Tu referas sûrement ta vie ». Je n'ai jamais pu supporter cette expression. Faire sa vie, défaire sa vie, refaire sa vie… Pendant ce temps, est-ce qu'elle s'arrête, la vraie vie ? Non. Rien n'est fait ou défait, tout est détruit. Je patauge dans un brouillard immonde. Il n'y a plus de moments légers, doux, faciles. Je me débats pour survivre. En plus, Charlotte, éminemment efficace, m'a remonté les bretelles :

— Ger… On est inquiets pour toi. On a tous bien conscience de ce que tu es en train de vivre.

— Non…

— … Mais tu es en train de virer à l'aigri qui semble en vouloir à la terre entière.

Depuis toujours, ma sœur a cette aptitude étrange de ne pas tenir compte de mes remarques et de tracer comme un missile qui ne reconnaît que la cible.

— J'en veux à la terre entière. Je hais le genre humain, les donneurs de leçons, les consolateurs…

J'ai conscience de la puérilité et de l'absurdité de mes déclarations. Je me sens pitoyable, mais c'est plus fort que moi. Charlotte ne bronche même pas, ne relève pas et continue :

— Ce n'est pas toi, ce type qui envoie promener tout le monde. Pas plus tard qu'hier, Vincent m'a téléphoné…

— Vincent m'emmerde.

— Sans doute… Mais de son côté, et peut-être pourrais-tu, deux minutes, te mettre à la place des autres…

— Non !

— Il t'avait juste invité gentiment à passer le week-end chez lui. Et toi, tu lui as répondu agressivement. Tu n'es pas le seul à souffrir sur cette terre, et ça ne te donne pas le droit de nous malmener.

Et voilà… L'idéologie Hérelier dans toute sa splendeur. Endure, peine, mais souris… Ce que j'appelais quand j'étais heureux : « la mentalité de geisha » ou « la geischaïsation hérélierenne ». D'ailleurs, à une époque, j'avais baptisé Charlotte Madame Butterfly. Malgré moi, j'esquisse un rictus qui doit être, au sourire, ce que la golden de supermarché est à la pomme.

— Tu es tellement prévisible, Charlotte, que c'en est attendrissant.

Cette dernière ignore ma remarque. Elle ajuste son chemisier vert, lisse sa jupe crayon et repart de plus belle. Je sens venir l'estocade finale, celle qui va me laisser K.-O., avec l'envie de mourir.

— Il te faut faire quelque chose de ta vie…

— Je ne comprends même pas ce que tu cherches à me dire. Et tu veux savoir ? Ma vie, c'est devenu une énorme merde. J'essaie juste de faire mon boulot et de faire en sorte que les élèves ne supportent pas mes états d'âme. Mais ensuite, ne me demande pas de faire des ronds de jambe. Je suis épuisé et je ne le peux pas. Vous me prenez comme je suis ou vous ne me prenez pas. Je m'en fous. Ma voix vacille. Charlotte, en bon torero, l'a senti. Elle sort l'épée et cherche à l'ajuster sur ma nuque.

— Tu dis n'importe quoi, Germain, et tu le sais. Ce n'est pas en te vautrant dans la souffrance que tu vas avancer…

Là… Elle vient de dépasser les bornes. « Je me vautre dans la souffrance ». Les mots jaillissent en bloc, violents et durs. Qui est-elle pour me parler ainsi ? Avec ses enfants magnifiques, son mari parfait. Est-ce qu'elle sait, elle, ce que c'est qu'éprouver une perte horrible qui donne l'impression d'être mutilé ? La seule souffrance qu'elle connaît, ce sont ses toilettes bouchées.

Et elle pérore, elle prodigue des conseils depuis qu'elle est née parce qu'elle est la dernière et qu'elle a peur de compter pour du beurre. Elle se croit indispensable, sainte Charlotte. Patronne de ceux qui coupent et tranchent dans la vie des autres comme si c'était des steaks.

Charlotte ne bouge pas. Elle attend, stoïque, que l'orage passe. Elle me prend les mains, et les serre dans les siennes en murmurant :

— On fait comme on peut, Germain, pour rester debout.

Ses yeux se brouillent. Sa voix également. Je crois qu'elle parle aussi bien d'elle que de moi. Je pleure. Nous pleurons. Trois anges passent. Je vais chercher la boîte de mouchoirs, efficace comme un vrai Hérelier. Je fais deux cafés serrés. Pas de sucre pour Charlotte, mais un peu de lait.

On sonne. Je n'ai pas envie de répondre, mais Charlotte me fait signe que je peux ouvrir. Elle se tamponne les yeux et lisse la mèche de cheveux rebelle qu'elle fiche derrière l'oreille gauche.

— Oui ?

— C'est Étienne… Il faut qu'on parle.

6 – Le téléphone était bavard

Il ne manquait que lui. Charlotte hausse un sourcil interrogateur. Je lui fais des gestes qu'elle ne peut interpréter tant ma confusion est grande. Je ressemble à un sémaphore ivre. Je vais, je viens, je virevolte pour finalement ouvrir la porte avec une expression abattue, voire fataliste. Étienne entre, lunettes mouillées par la pluie, et duffle-coat insolent. Machinalement, je lui tends un mouchoir en papier. Ma sœur se tortille sur le canapé. Étienne lui serre la main et décline son identité avec son naturel et sa bonhomie habituels. Il rajoute :

— Germain vous a parlé de moi ? J'étais un grand ami d'Adèle…

— Ne vous perdez pas en pseudo-délicatesses, Étienne, vous étiez son amant. Ma sœur affectionne les mots précis, et, moi aussi.

Je me tourne vers Charlotte, dont les yeux s'agrandissent de seconde en seconde.

— Et il m'a apporté un billet qui tendrait à prouver qu'Adèle faisait l'objet de menaces de mort.

Charlotte a la bouche qui s'ouvre. Elle tente de reprendre ses esprits et le contrôle de la situation. Mais elle n'y arrive pas. Quelque part, sous les couches de désespoir et de cynisme, je jubile d'une joie mauvaise. Étienne est survolté.

— Germain… Plus je réfléchis à la situation, et plus je me dis qu'il est de notre responsabilité de chercher l'assassin d'Adèle. On doit bien cela à cette femme admirable.

— Mais vous avez entendu comme moi le capitaine Mollier… Il a été clair…

— Eh bien ! Moi, je n'y crois pas. Je sais, je sens qu'Adèle a été exécutée. Vous avez son téléphone ?

C'est Étienne-Churchill qui parle.

— Oui… Il m'a été remis par la police le jour où… on est venu me prévenir qu'Adèle était morte. Ou plutôt, il m'a été restitué plus tard. Le jour de… l'annonce, on m'a juste demandé de l'identifier comme appartenant à ma femme. Oui ! C'est ça… Je l'ai maintenant.

— Vous l'avez consulté ?

Étienne ne doute de rien.

— Jamais. C'est une question de confiance entre elle et moi. On n'a jamais touché au téléphone de l'autre.

— Eh bien ! C'est le moment ! reprend le rondouillard.

Ma sœur opine.

Je vais jusqu'au tiroir du buffet. L'appareil est là. Encore dans un sachet plastique. Le chargeur est avec. Mes mains tremblent. J'ouvre fébrilement. Le téléphone est à plat. Avec Charlotte, nous trouvons une prise qui permet de le consulter pendant qu'il est branché et tombons sur le problème de son code PIN. Nous sommes dans le canapé, serrés comme une couvée de moineaux, autour du petit engin muet et récalcitrant. Je ne doute pas une seconde du code d'Adèle.

— Elle s'est toujours servie du même code, au mépris de toute notion de sécurité… Celui qu'on lui a donné au lycée pour la photocopieuse : 1515, comme Marignan…

Charlotte tapote avec précaution.

Le téléphone s'allume, et la photo de l'écran d'accueil s'affiche. Adèle et moi, dans un selfie délicieusement ridicule. Je serre la main de Charlotte. Une immense vague de chagrin me balaye. Mes tripes se contractent. J'ai envie de vomir, mais aussi de savoir.

— On regarde les SMS ? demande Charlotte d'une voix hésitante.

Étienne me fixe. Je fais signe que oui.

Charlotte tient le téléphone dans ses mains potelées. Devant nous défile la masse de messages non ouverts avec la petite sonnerie si caractéristique.

— Tu ne pourrais pas mettre un truc plus discret, Adèle ? J'ai l'impression d'être dans une volière, avec des perruches en folie…

— Tu exagères, Ger ! Plus ronchon que toi aujourd'hui, on meurt.

Et le hennissement de ma femme comme ponctuation. Et son visage près du mien, sa main qui me décoiffe et mon cœur qui fond…

Charlotte et Étienne se concertent. Ma sœur, est-il besoin de le souligner, est déjà efficace.

— Il faut les lister. Germain, tu nous dis ceux que tu connais. On regarde aussi ceux qui ont cessé d'en écrire après… l'accident et ceux qui ont continué d'en envoyer, parce qu'ils ne savaient pas. Étienne, prenez une feuille, là… sur le bureau, à gauche de la porte. Et faites au moins trois entrées : très connus, inconnus, connus, suivant la fréquence d'envois. Puis, faites une autre liste, ceux qui ont continué à émettre des SMS d'abord, le jour de l'accident, enfin après l'enterrement.

Charlotte est remarquable, mais elle est aussi monstrueuse… On dirait que, par-dessus malheur, fatalité, souffrance, elle planifie, organise et comptabilise. Je suis partagé entre peur et admiration. Ce n'est pas avocate qu'elle aurait dû être, mais inquisiteur, ou policier… ou fonctionnaire nazi. Je me garde de lui faire part de mes réflexions – « Tu exagères, Ger… » – tandis qu'Étienne-Churchill s'agite et obtempère.

Quarante-six SMS s'affichent. Par ordre chronologique. On peut déjà éliminer les miens. Ils s'arrêtent le jour de l'accident par un : « Mais qu'est-ce que tu fous, mon amour ? ». L'envie poignante de rembobiner cède devant ma sœur.

— Étienne, je ne vois pas les vôtres !

— On se disait régulièrement bonsoir…

Je ricane douloureusement. Adèle n'effaçait pas sa messagerie, nous remontons quinze jours environ avant la Saint-Dimitri. Je cherche des messages nombreux – Étienne affirme être en communication fréquente – et j'aperçois un « Machin » qui revient souvent.

— Ah… Étienne… Je crois qu'elle vous avait baptisé « Machin ». Regardez ce fil de conversation. Vous le reconnaissez ?

Je n'ose lire. Machin jette rapidement un œil et fait signe, bouleversé, que oui.

— Pourquoi m'a-t-elle appelé ainsi ? Il semble accablé. Son visage paraît d'un coup moins rondouillard et son duffle-coat plus miteux que jamais. Au fond de moi, quelque chose se réjouit, quelque chose de moche, de mesquin et de profondément humain.

— Étienne, elle ne voulait sûrement pas se moquer de vous, commente Charlotte. Mais, au cas où il aurait pris l'envie à mon frère de regarder sa boîte à messages, ou… tenez, simplement, imaginez la situation… La sonnerie d'un SMS retentit, Adèle n'a pas les mains libres, elle demande à Germain de lui donner le nom de l'expéditeur…

— Eh bien sûr, je déchiffre « Machin » et je dis à ma femme : « Ce n'est rien, c'est Machin qui t'appelle… »

Jamais Adèle ne m'aurait demandé ce genre de service et jamais je ne me serais permis de lire le moindre mot sur son téléphone… Si elle a baptisé Étienne Machin, on ne peut plus l'interpréter aujourd'hui.

— Bon, reprend Charlotte pour mettre fin à une conversation qu'elle doit trouver scabreuse. Une fois enlevés les messages de Germain et d'Étienne et placés dans la colonne « très connus »… Vous notez, Étienne ? Je vois quatre fils de discussion avec Rosalinde. C'est qui, celle-là, Germain ? Sa cousine, non ?

— Oui…

— Notez, Étienne. « Connus ou très connus » ? Et n'oubliez pas, tous les deux, qu'il nous faudra les lire ensuite…

— « Très connus. »

Je bredouille sans conviction aucune. Mais Charlotte a toujours besoin de réponses rapides et fermes.

Rosalinde a 40 ans, un caniche brun et minuscule, qui tremble comme il aboie. Elle est la fille d'une sœur de Bénédicte. Elle est divorcée. Elle fume autant qu'elle jure, c'est-à-dire beaucoup. Elle est sympathique, comme tous ceux qui semblent se démarquer de la famille d'Adèle. Elle est sortie du triangle : cachemire – messe à Bazoches – mocassins à glands. Elle drape sa silhouette anguleuse dans des ponchos colorés, elle natte ses longs cheveux qu'elle entortille en chignons alambiqués. Je sais qu'Adèle et elle s'aimaient bien, pratiquaient la même forme de rébellion joyeuse contre les carcans en tout genre.

— Ensuite…

Charlotte énumère trois prénoms qui sont ceux de collègues d'Adèle.

— Je vois plus ou moins qui elles sont, mais je ne les connais pas beaucoup. Alexandra, elle est une copine de soirées chaleureuses, un peu timide, qui passait parfois à l'appartement. Je crois qu'elle a deux ou trois mouflets. « Connus ». Sybille, c'est probablement l'échevelée écervelée, à la voix criarde, dont j'ignore tout ou presque. Elles se sont écrit beaucoup de SMS ?

— Six…

— « Connus »… Enfin, Marita… Une fausse vamp, pas toujours agréable, dont Adèle disait qu'elle ne s'en sortait pas si mal, après une enfance de merde. « Connus » aussi…

Étienne note en silence. Je crois qu'il a « Machin » en travers du cœur. Charlotte fait glisser son doigt sur l'écran.

— Un fil de conversation avec un dénommé Benoît…

— Le CPE de son lycée, avec lequel elle avait conçu un projet éducatif… « Connus ».

— Bien ! opine Charlotte, qui aime que je sois le doigt sur la couture du pantalon. On verra ensuite la teneur de leurs échanges. (Ma sœur me tue. Mon cerveau malade et enfiévré me la montre, défilant, un jour de 14 juillet, tenant le drapeau de la légion. Seule femme au monde à avoir intégré ce corps de durs à cuire)… Germain ? Qui est Solène ? Sa cousine de Monfort ?

— Oui… Solène… cinq mioches. Une superbe maison. Un mari médecin hospitalier. Dans le triangle « cachemire – messes à Bazoches – mocassins ». Mais beaucoup d'humour et une propension à écluser du whisky en cachette qui la rendait sympathique aux yeux d'Adèle, laquelle disait toujours, devant les petits problèmes techniques de la vie quotidienne : « Je vais demander la solution à Solène ! » Et, en effet, à grand renfort de *Femme Pratique* ou de *Marie-Claire Idées*, sa cousine avait souvent la réponse. (Voilà que je manipule l'imparfait avec une aisance qui me ravage) « Connus »…

— Martin ?

— Martin… Je ne vois pas. Beaucoup de SMS ?

— Onze…

— Beaucoup, donc. Le même jour ou échelonnés ?

— Échelonnés… Bon ! On laisse. La teneur des messages nous renseignera sûrement. Sans parler que ce peut être un nom ou un prénom. Charlotte passe à nouveau un doigt sur l'écran.

— Flaubert ?

— Hein ? Flaubert ? Comme Gustave ?

— Oui…

— Aucune idée. À moins que, comme pour « Machin », elle ait donné un pseudonyme à quelqu'un dont elle ne voulait pas afficher le nom. L'image d'un deuxième amant me fait vaciller, tandis que Charlotte ajoute :

— Le nom de Flaubert n'est peut-être pas mort avec l'écrivain ! On vérifiera sur les pages jaunes et avec le contenu des messages. Il y en a peu. Deux fils de discussion…

Étienne note fébrilement et toujours en silence. Lui aussi doit envisager la possibilité d'un troisième homme. Cette idée, plus celle de se savoir « Machin », doit l'accabler. En effet, l'autre, si autre il y a, ne s'appelle pas « Truc » ou « Machin chose ». Adèle pourrait lui avoir donné le nom d'un auteur qu'elle adorait.

— Il reste un nom, dit Charlotte. Sénéquier…

— Le poissonnier de la rue de La Double qui lui envoyait ses promotions. « Connus »

— Bien ! assène ma légionnaire de sœur. Nous avons passé toutes les entrées en revue. Nous avons trois « très connus », toi et Étienne, ainsi que Rosalinde. Les autres sont « connus. » Deux « inconnus » : Martin et Flaubert. Les contenus des SMS vont peut-être nous permettre d'affiner. Est-ce qu'on lit les vôtres ? Devant la mine atterrée de « Machin », je ne peux m'empêcher d'affirmer :

— Aucune raison logique ne doit nous interdire de le faire.

— Je ne comprends pas ce qu'on pourrait découvrir de plus que ce que nous savons. Vous étiez son mari, et moi, son amant. Le reste, ce sont des mots échangés qui n'ont rien à voir avec l'enquête.

Étienne a le duffle-coat en pleine rébellion.

— Si on commence ainsi, reprend Charlotte, on ne demeure pas objectifs. Ce n'est pas notre propre jugement qui peut nous faire prendre en compte un SMS plus qu'un autre, mais une analyse lucide de leurs contenus. Je suis d'accord avec toi, Ger… Nous devons les lire tous. Étienne, continuez à noter tout ce qui pourra aider notre réflexion. Et déjà… Qui a envoyé des SMS, même après l'accident ? Autrement dit, qui n'était pas informé qu'il avait eu lieu ? À part la famille et vous, Étienne, qui l'aviez appris rapidement, les collègues qui l'ont su aussi très vite… le poissonnier a dû envoyer systématiquement ses promotions s'il le faisait un jour fixe… Reste le dénommé Flaubert qui a encore écrit deux SMS sans réponse. Il faudra croiser toutes ces informations avec celles données par les coups de fil. Mais ne nous dispersons pas, assène Charlotte-Bonaparte. Je lis tes SMS, Germain, en même temps que toi, et on résume. On relève tout ce qui peut être détonnant, surprenant…

— Par rapport à quoi ? demande Étienne, qui essuie ses lunettes.

— Justement, c'est ça, le problème. On n'a pas de pivot, de repère. On marche à l'instinct, à l'intuition…

Un silence épais s'installe, et quelques minutes, volées à mon ancienne vie heureuse et insouciante, défilent devant mes yeux.

7 – La mort est enfant de menaces

Fil de discussion entre Adèle et moi :
— Dis-moi, je pense qu'il n'y a plus de pain de mie… (Adèle) 17 h 38

— OK. (Moi) 17 h 40

— J'en achète. (Moi) 17 h 40

— Mon p'tit Ger, je crois que tu es en train de devenir parfait !!! (Adèle) 17 h 41

— Ha, ha… (Moi) 17 h 41

— Tu rentres tard ? (Adèle) 17 h 41

— Je suis entre deux conseils. À vue de nez et de mes collègues, vers 19 heures (Moi) 17 h 42

— J'ai envie de te faire plein de choses !!! (Adèle) 17 h 42

— À manger ? (Moi) 17 h 43

— Idiot ! Andouille ! (Adèle) 17 h 43

Les autres SMS offrent un mélange hétéroclite de déclarations en tout genre, de réflexions parfois incongrues ou de demandes pratiques… Manifestement, aucune anomalie, de simples échanges entre deux partenaires amoureux. Des lambeaux dérisoires d'un bonheur passé.

Nous passons à « Machin » dont les yeux brillent, on ne sait trop pourquoi… Larmes ? Tension ?…

— Coucou, Adèle… Tu vas bien ? (Étienne) 10 h 32

— Mais oui ! (Adèle) 10 h 32

— Alors, pourquoi ne m'écris-tu pas ? (Étienne) 10 h 33

— Pas le temps, Nounours ! Suis au Lycée. (Adèle) 10 h 45

Et ainsi de suite. On sent, ou est-ce moi qui cherche à la voir, une certaine désinvolture chez Adèle. Étienne a maintenant les yeux carrément mouillés. Sur quoi pleure-t-il ?

Je regarde Machin presque avec sympathie. En tout cas, avec moins d'animosité. Pauvre diable ! Adèle pouvait être cruelle sans vraiment le vouloir. Juste par sa liberté d'être et de penser.

Autre fil de discussion entre Machin et ma femme :

— Je viens manger à midi. Si tu es dispo ! (Adèle) 10 h 15

— *Of course !* Tu aimerais quoi ? (Étienne) 10 h 16

— Léger… (Adèle) 11 heures

Plus tard :

— Merci, Nounours ! T'es vraiment mignon ! (Adèle) 17 h 3

— J'adore te faire plaisir. (Étienne) 17 h 4

— OK ! Je rentre. (Adèle) 18 heures

Les fils de discussion entre Adèle et son amant ne révèlent rien de plus que des échanges prosaïques, des demandes de rendez-vous, des tentatives maladroites d'Étienne pour s'imposer dans la vie de ma femme. Je ne suis même pas jaloux. Je le plains. En même temps, je me trouve dégoûtant de condescendance.

Charlotte rompt un silence épaissi de mauvais sentiments.

— Pour l'instant, vous n'avez rien senti de spécial ?

— Non… Des banalités, dis-je.

Étienne se contente d'approuver avec la tête.

On passe à Rosalinde.

— Salut, couze ! (Rosalinde) 14 h 26

— Hello ! (Adèle) 14 h 27

— Suis chez Stéphane ! Tu me rejoins ? (Rosalinde) 14 h 27

— J'arrive. Je saute dans mes godasses. Je me tartine de rouge à lèvres. (Adèle) 14 h 30

— Ramène-toi, radasse. (Rosalinde) 14 h 32

Je reconnais le style fleuri de la belle-cousine ; rien de tel qu'une grande bourgeoise qui vire sa cuti, pour renouveler son stock de gros mots. Rien de spécial, néanmoins, à se mettre sous la dent. Rosalinde et Adèle échangent pour se fixer des rendez-vous dans des bistrots de préférence alternatifs pour boire des cocktails à base de légumes, accompagnés, je suppose, d'olives bio.

Quoique, que je sache, et pour parler comme elle, Rosalinde ne suce pas que de la glace… Une seule phrase retient notre attention :

— Et j'ai du nouveau. Ça me tracasse un max. (Adèle) 19 h 53

— Ton truc incroyable ? (Rosalinde) 19 h 57

— Oui… Je t'en parle de vive voix. (Adèle) 20 h 5

Nous fixons le fil de discussion avec beaucoup d'intérêt. Est-ce qu'on tiendrait le début du commencement d'un indice ? Si vite ?

L'échange de SMS remonte environ à trois semaines avant l'accident. Adèle aurait-elle confié quelque chose à Rosalinde ? Charlotte s'agite, fait bouffer sa chevelure déjà fort bien dressée et propose de téléphoner à la cousine.

— Mais avant, reprend-elle, je mangerai bien quelque chose. Je suis épuisée.

Et elle se dirige vers ma cuisine qu'elle utilise avec aisance.

Je l'entends ouvrir des paquets, trafiquer dans le frigo, et revenir avec un plateau. Dessus, des tartines grillées – je ne mange presque pas de pain frais –, du fromage, des sardines en boîte. Une bouteille d'eau pétillante. Étienne lâche son stylo et ses notes. Nous mastiquons bruyamment, mais sans parler.

Enfin, après l'ouverture d'un bocal de pêches au sirop, cadeau et œuvre de Solène, Charlotte-Nelson reprend :

— Tu téléphones à Rosalinde, Ger ?

J'emporte le plateau, effectue un semblant de vaisselle. Je vais jusqu'à traquer les traces de pain grillé sur le canapé, une de mes phobies étant de sentir crisser les miettes et d'en éprouver l'insupportable contact sur la peau. Je suis tendu. Terriblement tendu. Charlotte paraît dans le même état. Étienne est hébété.

— Rosalinde ? C'est Germain… Oui… Oui… Plus ou moins. Plutôt moins que plus… Quand tu veux…

Je fais des efforts monstrueux dans ce préambule dicté par la politesse. Enfin, je passe à l'attaque :

— Voilà… J'étais là, sur mon canapé à me demander ce que j'allais faire du téléphone d'Adèle. Je relisais les messages qu'elle avait envoyés, histoire de revivre un peu du passé… Non, non, Rosalinde, je ne me torture pas. Je t'assure. C'était pour te dire…

Charlotte me fait signe d'avancer. Nous avons convenu de tenir le reste de la famille éloignée de notre enquête. Aussi, je me sens lent, voire laborieux. Je ne veux poser que des questions anodines.

— Adèle était tracassée par un truc… Tu pourrais m'en dire un peu plus ? À quoi bon ? Mais… j'ai envie de savoir… Non, je te le répète, je ne suis ni dans la torture ni dans la mortification. Ça me fait du bien… Oui… Oui… Quoi ? Mais pourquoi elle ne m'en a pas parlé ? Je suis trop nerveux ? Moi ?

Charlotte et Étienne me regardent déambuler dans le salon, mobile à l'oreille. Ils tentent de deviner la teneur d'une conversation téléphonique ponctuée d'exclamations de surprise. Je me passe la main dans les cheveux. Je triture le col de mon pull. Enfin :

— Merci, Rosalinde. Oui… Je prends soin de moi. Je viendrai vous voir un de ces quatre.

Je m'assois sur le canapé, entre mes deux comparses. Puis, je balbutie :

— Adèle avait reçu des menaces. Par courrier. Envoyées au lycée. Elle les a montrées à sa cousine. Elle pensait à des élèves mal intentionnés. Sans être vraiment terrifiée, elle commençait un peu à baliser. Surtout à cause de la répétition. Au moins trois, du même style que celle que vous avez trouvée, Étienne. Rosalinde les a vues. Déchirées d'un carnet, écrites au stylo rouge. Des menaces de mort… Pourquoi elle ne m'a rien dit ?

— Qu'est-ce que vous auriez pu faire ? répond Machin-Nounours.

— J'aurais pu enquêter, l'emmener porter plainte. Et peut-être qu'on n'en serait pas là aujourd'hui.

Charlotte semble sortir de l'hébétude. De toute façon, chez elle, le légionnaire n'est jamais très loin.

— Inutile de te fustiger. Pas d'états d'âme. Ils ne servent à rien. Juste à nous freiner. Je fais un café. Ça va nous aider à réfléchir.

Madame Butterfly part en papillonnant vers la cuisine. Je n'ai plus la force de m'énerver ou bien je suis en train d'acquérir la sagesse qui me faisait défaut jusqu'à aujourd'hui.

8 – Et Flaubert apparut

Nous avons convenu de nous retrouver quelques jours après. Charlotte fait désormais partie prenante de la cellule de crise. Étienne a le duffle-coat particulièrement miteux. On s'organise. Ma sœur nous a apporté un gratin dauphinois, Étienne une bouteille de mâcon, et moi, je fournis un assortiment de fromages. Je n'ai pas touché au téléphone entre-temps. Trop de charge émotionnelle. Je ne peux pas le faire seul. Cependant, j'ai fouillé dans quelques affaires d'Adèle, entre autres, son bureau, pour retrouver des traces de messages de menaces… Rien. Je suis allé manger avec Rosalinde et son caniche, dans le XVe. Je n'ai rien appris de plus, si ce n'est qu'Adèle commençait à prendre vraiment au sérieux ces missives. Elle en avait parlé avec Benoît, le CPE. Ils avaient cherché ensemble qui avait le profil au lycée pour se livrer à ce genre de plaisanterie. Benoît en avait isolé deux ou trois, il avait monté une enquête serrée, mais tout ça n'avait pas donné grand-chose. D'autant qu'Adèle était estimée, même et particulièrement par les durs. En plus, elle ne sévissait pratiquement jamais et n'avait pas puni qui que ce soit depuis longtemps. J'avais téléphoné à Benoît, qui m'avait confirmé les dires de Rosalinde.

— T'en as parlé à la police ? m'avait demandé Benoît.

J'avais plus ou moins rapporté ma visite au commissariat, en omettant la présence d'Étienne. Le CPE connaissait la manière de conduire d'Adèle. L'accident, à lui aussi, semblait très plausible et les menaces illusoires.

— Y'a trois ans, m'avait-il dit, la prof de chimie avait reçu du courrier anonyme. Plein d'insultes. En plus, elle notait serré. Et pouvait être mordante. Elle est toujours en vie. Pas d'attentat d'aucune sorte.

— Qu'est-ce que ça prouve ? reprend Étienne. Je ne vois pas le rapport avec Adèle…

— Juste pour dire qu'il ne nous faut sûrement pas chercher du côté du lycée où Adèle était estimée et où les élèves ne sont pas des tueurs. Bien sûr, cela n'exonère pas cette possibilité, mais elle est peu réaliste.

— Au travail ! claironne Charlotte. Comme convenu, j'ai fait une demande, en tant qu'avocate, pour avoir accès au PV d'accident. Je ne l'ai pas encore reçu.

— Bien. (Je ne peux qu'approuver ma sœur, à nouveau dans son rôle d'Invincible Armada) Nous continuons à lire les SMS, c'est bien ça ?

— Oui ! répond Étienne en enlevant sa défroque verdâtre.

On dirait que l'animal se met à l'aise.

On ouvre le téléphone, désormais sans difficulté aucune. On survole les discussions entre Adèle, Alexandra, Sybille et Marita. Des échanges anodins entre copines. Des rendez-vous au café, des remarques plus ou moins acerbes sur les collègues. Et on décide de fouiller les SMS avec le dénommé Martin. Comme si, par un accord tacite, on s'était résolus à garder Flaubert pour la fin. À nouveau le selfie bébête à en pleurer de nous deux souriants. Je lis :

— Comme convenu, je vous ai faxé au lycée un extrait des conventions collectives. (Martin) 12 h 43.

— Merci, Serge. (Adèle) 12 h 43.

— Si vous avez besoin d'explication, je suis là. (Martin) 12 h 47.

— OK. (Adèle) 12 h 49.

Nous comprenons qu'il est sans doute question d'un collègue syndiqué, à moins que le vouvoiement nous signale qu'il s'agit de quelqu'un d'étranger au lycée. Peut-être un représentant de son syndicat. Je sais, pardon, je savais, Adèle assez impliquée comme membre du comité d'entreprise de son établissement.

Le reste des SMS du dénommé Martin confirme mon intuition. Je téléphone à Benoît pour obtenir l'assurance que Serge Martin est délégué du personnel au lycée Jean Moulin, mais qu'il a fonction de conseiller juridique dans l'académie. Il ne sait pas pourquoi Adèle avait communiqué avec lui, mais il est à peu près sûr que c'était lié avec le rôle d'Adèle dans l'établissement.

Reste Flaubert. J'ai les mains moites quand j'ouvre le premier fil de discussion.

— « Il connut la mélancolie des paquebots, les froids réveils sous la tente, l'étourdissement des paysages et des ruines, l'amertume des sympathies interrompues… » (Flaubert) 19 h 56.

— « Il revint » (Adèle) 20 h 34.[4]

Autour de moi, Étienne et Charlotte s'agitent. Étienne a récupéré son duffle-coat et le serre comme un doudou.

— C'est tout ? dit Charlotte en tripotant son collier berbère.

— C'est du langage codé ? reprend Étienne.

— En tout cas, ça ressemble à du Flaubert ! dis-je.

— Lis-nous l'autre fil de discussion… Peut-être qu'il nous éclairera ! C'est Charlotte qui reprend le contrôle après ce court moment d'égarement.

— « Et toi, dors-tu ? penses-tu à celui qui pense à toi ? Rêves-tu ? » (Flaubert) 23 h 45

— « Quelle est la couleur de ton songe ? » (Adèle) 1 h 27[5]

Nous sommes accablés devant cet abîme d'incertitude qui s'ouvre à nos pieds. Étienne lisse la manche de son haillon verdâtre, Charlotte teste sans le savoir la solidité de son collier, et moi, je tangue. Mon amour… Qui c'est, ce type qui te réveille dans la nuit, qui te tutoie, qui te balance des phrases bizarres auxquelles tu réponds sur le même ton ? Encore un amant ? Et sachant l'admiration que tu portes à l'ermite de Croisset, vous avez dû vous en rouler, des pelles passionnées et littéraires… Si je tenais ce salaud, je lui ferais bouffer ces phrases à la mords-moi-le-nœud. Charlotte nous regarde. Elle s'empare de mon ordinateur portable, pianote un court instant et s'exclame :

— J'en étais sûre !! Ce sont des extraits de Flaubert lui-même. Le premier est tiré de l'Éducation sentimentale et le second d'une lettre à Louise Colet.

— Et alors ? dit Étienne. Qu'est-ce qu'il faut comprendre ?

---

[4] Flaubert, *L'Éducation sentimentale.*
[5] Flaubert, *Lettre à Louise Colet.*

— Qu'elle me trompait encore une fois et vous aussi, Étienne, avec un enfoiré qui lui roucoulait des citations de Flaubert.

Je suis hors de moi. J'ai envie de claquer Étienne, qui n'y est pour rien.

— Restons objectifs, rajoute Charlotte. Il y a peut-être une autre explication.

J'ai envie également de tuer ma sœur. Je me lève pour me servir un verre de vin. Charlotte, qui comprend que le moment n'est pas à la conciliation, se lève aussi et en verse deux, un pour Étienne, et le deuxième pour elle. À peine a-t-elle saisi son verre qu'elle avale le contenu cul sec. À la hussarde. Étienne a l'air définitivement égaré dans un mauvais film. Je me tais rageusement. Le silence est assourdissant.

Je revois Adèle en train de m'expliquer que Gustave Flaubert est un maître pour elle. Elle tient en main « Un cœur simple » qu'elle vient de relire pour la trois ou quatrième fois. Elle a décidé de l'étudier avec ses élèves de premières.

— Tu comprends, Ger, si ce n'est pas moi qui les emmène vers ce chef-d'œuvre, ils n'iront pas spontanément… mais ça va être difficile de le leur faire aimer. C'est tellement aux antipodes de ce qu'ils peuvent apprécier… Même chez ceux qui lisent. Une vie simple, sans éclats, sans aventures… Remarque, au fond, ça m'excite comme défi.

— Et moi, je t'excite ? avais-je répondu avec l'idiotie béate du mâle amoureux.

— Dadais ! Je suis sérieuse.

Elle a son stylo entre ses lèvres et elle le mordille langoureusement. Tout à coup, elle se lève, pose son livre et se jette sur moi. Le souvenir du reste me fait hurler intérieurement de chagrin. Plus jamais, Adèle, je ne te respirerai, je ne t'embrasserai et je ne ferai l'amour avec toi. Plus jamais. Ça me rappelle un vieux manuel de catéchisme que j'avais dégotté dans un vide-grenier. Dessus, figurait l'horloge fatale qui disait « Toujours-Jamais » J'avais ri de cette grandiloquente vision de la mort. Pourtant, c'est ça, mon amour. Je suis condamné au « Toujours-Jamais » te concernant.

Charlotte me touche le bras. Je crois que je pleure. Nounours-Machin a l'air, lui aussi, bouleversé. Enfin, ma sœur reprend son commentaire :

— Résumons les faits. Seulement les faits. Adèle a échangé à deux reprises des citations de Flaubert avec un interlocuteur portant, ou à qui elle a donné le nom de l'écrivain. Ça ne casse pas quatre pattes à un canard, non ? Qui nous dit que ce type n'était pas un ancien camarade de fac, une référence à qui elle demandait des conseils littéraires ?

— Dans la nuit, Charlotte ?

— Et pourquoi pas… Imagine que le gars soit insomniaque ou qu'il n'ait aucune conscience qu'on n'appelle pas les gens, passé 23 heures… Un marginal, un vieux célibataire asocial… un…

— Arrête Charlotte. Moi, je vais te dire ce que je comprends. C'est ce qui tombe sous les sens qui a le plus de probabilité d'exister.

— Germain, tu sais comme moi…

— Tais-toi ! Adèle avait un autre amant. Qu'est-ce que tu en penses, Machin ? À toi aussi, cela semble évident, non ?

Le tutoiement me revient avec la rage.

Étienne baisse la tête, caresse le duffle-coat avec nervosité. Il ne dit rien. Son silence en dit long sur ce qu'il doit éprouver. Le Nounours a la peluche en berne. Je rajoute :

— Ah… Elle nous a bien possédés, tous les deux, avec sa mine innocente et son regard candide. Jusqu'au trognon, elle nous a bousillés. Je t'aime, Ger, disait-elle… Elle devait vous dire la même chose, non ?

— Non… Elle ne me l'avait jamais dit. Elle me répétait souvent qu'elle me trouvait adorable et qu'elle appréciait de passer du temps avec moi. Mais elle ne m'avait jamais fait… ce genre de déclaration…

Étienne a la voix qui se casse.

— Bon ! (C'est Charlotte-amiral Nelson en campagne) On n'est pas là pour refaire le passé. On a une grosse question à se poser et à résoudre : qui est Flaubert ? Ou plutôt, je la poserai autrement. Qui Adèle avait-elle baptisé ainsi ? Peut-être l'analyse des coups de téléphone pourra nous en dire plus. Ger, ce type a envoyé des SMS après l'accident. Lis-les-nous…

— « Tout ce qui l'entourait immédiatement, campagne ennuyeuse, petits bourgeois imbéciles, médiocrité de l'existence, lui semblait une exception dans le monde, un hasard particulier où elle se trouvait prise, tandis qu'au-delà s'étendait à perte de vue l'immense pays des félicités et des passions. Elle confondait, dans son désir, les sensualités du luxe avec les joies du cœur, l'élégance des habitudes et les délicatesses du sentiment. » (Flaubert) 4 h 25[6]

— « L'artiste doit être dans son œuvre comme Dieu dans la création, présent partout et visible nulle part. » (Flaubert) 6 h 3.[7]

À nouveau, le silence nous plombe un long moment. Je ne comprends rien au sens de ces messages, et, en même temps, je sens poindre une forme d'angoisse, comme s'il y avait dans ces quelques mots une menace. Peut-être dans l'imparfait de la première citation. On saisit comme un reproche. « Imbéciles », « médiocrité », « confondait »… Étienne interrompt ma réflexion :

— C'est agressif, non ?

Nounours est plus intelligent qu'il n'en a l'air. Lui aussi a senti, comme moi, un je-ne-sais-quoi de malsain. D'autant que ces messages sont arrivés après la mort d'Adèle. Sans vouloir aller trop loin dans l'interprétation, on dirait que le bonhomme Flaubert triomphe. Charlotte opine :

— Je n'aime pas ça… Mais je ne parviens pas à formuler pourquoi. Je subodore comme un constat. Qu'est-ce que vient faire cette citation sur l'artiste et sur Dieu ? Manifestement, ce type est content de lui…

Peut-être sommes-nous arrivés quelque part.

---

[6] Flaubert, *Madame Bovary.*
[7] Flaubert, *Correspondance, à Mademoiselle Leroyer de Chantepie.*

9 – En Normandie, il n'y a pas que le bocage

On se retrouve deux jours plus tard. Impatients. Il nous semble qu'un fil ténu se présente devant nous, prêt à être tiré. Encore faut-il s'appuyer sur quelque chose de concret et pas sur des citations à la noix, portées par des SMS, pondus par je ne sais qui. J'ai vécu les dernières heures entre amertume et désespoir. Adèle, merde, qui c'est, ce pseudo ? Un nouvel amant ? Passe encore Machin, je commençais presque à m'y habituer. Il va bientôt faire partie de la famille, vu que Charlotte lui sert des verres de vin et l'appelle par son prénom. Mais Flaubert ? Putain, mon trésor, tu m'en flanques des gifles posthumes. Je n'ai pas l'impression de les avoir méritées. J'ai été un petit mari accommodant. Laxiste aurait dit Jean-Maurice, s'il avait su sous quelle éthique nous vivions. Ça me fait penser à une discussion entre Bénédicte et son époux, un dimanche à Bazoches :

— Figure-toi que les Massonier divorcent, avait-elle annoncé avec excitation. Il a rencontré une policière lors de je ne sais quel raout. (Il n'y a que Bénédicte pour employer ce mot) Il est tellement sous son charme, qu'il quitte Géraldine et s'en va avec la gardienne de la paix…

— Elle est commissaire de police, avait ajouté Jean-Maurice, qui était visiblement au courant. Ce qui ne change rien. Géraldine a toujours été trop confiante. Dans un couple, il faut tenir le cap.

La suite s'était perdue dans un brouillard de fadaises et de lieux communs. Mais j'avais conservé l'expression « garder le cap », Adèle et moi en avions fait un leitmotiv qui revenait régulièrement dans nos conversations ou nos ébats.

— Ger ! Garde le cap ! Reste concentré sur les attaches du soutif ! On dirait qu'après tant d'années, t'as toujours pas pigé comment ça se dégrafait !

Aujourd'hui, je me surprends encore en train de pleurnicher sur mon sort. Mais non ! T'as raison, Adèle ! Faut que je sois plus gentil avec moi, que j'admette que je souffre et que j'en ai le droit. Je ne suis pas une geisha. Juste un pauvre mec. Un veuf. Je frissonne. Heureusement, la sonnette de l'appartement retentit et j'entends au bout de l'interphone Nounours et ma sœur qui débarquent pour me distraire de ma morosité. Leur sens de la ponctualité les a fait arriver quasi au même moment en bas de l'immeuble.

Étienne apporte du pain et un Saint-Joseph, Charlotte un rôti de canard avec des coings. J'ai toujours le frigo plein de fromages, mais je me suis efforcé d'acheter une tarte aux pralines. On croirait trois vieux potes en train de se taper la cloche. Ma sœur n'a pas reçu le PV de l'accident. Elle n'a pas expliqué à son mari les raisons de ses venues fréquentes chez son frère, mais ma souffrance en est une indiscutable, et Gilles a toujours été un mec compréhensif et bien élevé.

Nous ouvrons le petit téléphone.

Le journal d'appel.

Il révèle les mêmes noms que ceux des SMS, Machin et moi, Benoît, Solène, Marita, Sybille, Rosalinde… et Flaubert. Moins le poissonnier, plus Bénédicte, Édouard et la grand-mère Chapelot, celle de Montfort. Un appel également de mon frère Georges. Sans doute pour se plaindre de mon absence d'esprit de famille. Mais « gardons le cap », comme aurait claironné Jean-Maurice.

Nous notons que la plupart des coups de fil s'échelonnent avec plus ou moins de régularité avant l'accident. Comme les SMS. Seul Flaubert retient notre attention, car, si la quantité d'appels augmente en volume avec le temps, elle en culmine ce jour-là. Le 26 octobre, Adèle a reçu énormément de coups de fil de Flaubert. Elle semble avoir décroché à chaque fois, même si je sais, et mon cœur se serre, qu'elle conduisait normalement à ces heures-là. En pleine Normandie. Des appels plutôt courts. Il me faudra vérifier avec le PV d'accident, mais je crois que les derniers coïncident avec le moment où elle a raté le virage et où elle s'est enroulée contre un arbre. Je tremble.

Charlotte et Nounours sont silencieux. Je sens qu'ils tirent les mêmes conclusions que moi. Ma sœur rajoute :

— Elle a toujours répondu… Allons sur sa messagerie qu'elle a consultée à trois reprises. Espérons qu'elle n'avait pas effacé les annonces…

Je compose le 888. La voix robotique m'apprend la présence de trois messages sauvegardés. Je fais le 2 pour les écouter. Je mets le téléphone sur haut-parleur.

— Message du 2 octobre 0 h 56, explique le répondeur, du 06 72 45 08. Puis une voix s'élève, étouffée, déformée peut-être : « Adèle… Ce sera plutôt Yonville en premier, c'est-à-dire Ry. Le plus simple sera d'aller devant l'entrée de l'église Saint-Sulpice. Disons, vers 14 heures. De là, je vous piloterai. »

— Message du 23 octobre 3 h 25, du 06 72 45 08. La même voix éteinte reprend : « J'ai réfléchi à votre proposition. Pour terminer, ce serait bien, en effet, de revenir à Rouen. »

— Message du 26 octobre 6 h 17, du 06 72 45 08. « N'oubliez pas. Pour rester dans ses traces, prenez-la D 53, entre Hétoutteville et Hautot-Saint-Sulpice. C'est important d'éprouver des sensations voisines pour s'imprégner. Vous comprenez, Adèle ? Pas seulement de marcher sur ses pas, mais de respirer le même air, de contempler des paysages pas trop transformés… Vous avez noté ? Sinon, rappelez-moi. »

Nous nous regardons, sidérés.

La départementale sur laquelle Adèle a quitté la route, lui avait été suggérée, que dis-je, imposée, par le dénommé Flaubert. Je ne croyais plus à la coïncidence d'un nom de famille toujours vivant en Seine Maritime. Même si, sur les conseils plus que fermes de Charlotte j'avais déjà exploré l'annuaire du département et relevé en tout et pour tout un seul homonyme de l'écrivain : Achille Flaubert, à Rouen. Sinon, le nom servait copieusement d'écrin ou de noble caution à une quantité importante de pharmacies, groupes scolaires et autres noms de rues. J'avais appelé Achille, un paisible retraité, à qui on avait déjà dû demander cinquante fois s'il était descendant de Gustave, vu la célérité et le côté mécanique de la réponse. Sinon, il ne connaissait pas ma femme et paraissait à mille lieues de mes préoccupations.

C'est encore Adèle qui a baptisé ainsi son interlocuteur. Parce que, pour une raison ou une autre, ce dernier fait un lien avec l'écrivain. Il vouvoie ma femme, ce qui me rassure pendant vingt secondes, au terme desquelles l'inquiétude recommence à me corroder comme du vinaigre sur un tendre bloc de calcaire.

Étienne, ému, propose de téléphoner au numéro donné par le répondeur. Charlotte tape les chiffres avec rapidité. Une sonnerie brève, puis presque immédiatement une voix anonyme qui semble indiquer l'absence de « Flaubert ».

— Votre correspondant est absent pour le moment, mais laissez un message et il vous rappellera.

Charlotte-Nelson prend sa voix professionnelle et énonce clairement :

— Charlotte Montaigu-Hérelier, avocate-conseil. Monsieur… Voudriez-vous me rappeler à ce numéro de toute urgence, j'ai des renseignements à vous demander de la plus haute importance.

Et ma sœur de donner son numéro de téléphone.

Quelque chose est lancé. Balle ou boomerang.

10 – Signes de piste

Je me goinfre nerveusement de galettes de riz. Ce que tu appelais « polystyrène », mon amour. Charlotte et Étienne boivent du café. Il y a une tension nouvelle dans l'air. Nounours a les lunettes sales. Nous espérons un coup de fil de Flaubert.

Rien.

— En somme, ce type lui a fixé des rendez-vous à des endroits très précis. Et pourquoi Yonville et Ry ? Ry existe, continue Charlotte qui s'escrime sur une carte de Normandie… Mais pas Yonville. Attendez… je regarde sur Wikipédia… Aaaah ! Voilà. « Yonville est le petit bourg fictif de Normandie où vit, dans le roman "Madame Bovary" de Gustave Flaubert (1857), Emma Bovary avec son mari, Charles Bovary. L'écrivain se serait inspiré du village de Ry, situé dans le département de Seine-Maritime. »

— Encore lui !

Étienne a les oreilles rouges, comme si toute son anxiété se concentrait dans cet endroit stratégique.

— Putain de putain.

Je manque cruellement de mots. Je le sais. Le juron chez moi est souvent un exutoire à la perplexité. Mais là, j'avoue que je ne suis même plus perplexe.

Je suis dans la confusion la plus noire.

Qui est ce type, qui téléphone à ma femme avant sa mort, à des heures pas possibles, qui la harcèle, qui lui trace des itinéraires en Normandie. Pourquoi est-elle partie là-bas sans me dire quoi que ce soit, si c'était pour se trimballer sur les traces du père Flaubert ?

— Vous y comprenez quelque chose ? reprend Charlotte.

Elle a perdu momentanément la superbe de l'amiral Nelson.

— Que faisait Adèle là-bas ? Et si c'était pour un voyage d'agrément ou même un voyage scolaire, pourquoi ne t'en a-t-elle pas parlé ? Qu'est-ce qu'elle t'a dit exactement en partant ?

— Qu'elle allait en Normandie. Qu'elle n'était pas obligée de tout me raconter. Que je pouvais lui faire confiance, mais qu'elle était libre.

— Libre de quoi ? demande Charlotte.

— De mener sa vie sans que j'interfère. Nous vivions ainsi. Sur une sorte de contrat tacite. Elle pouvait avoir des expériences extra-conjugales – Charlotte et moi regardons Étienne qui pique du nez –, mais cela n'avait rien à voir avec nous.

— En somme, elle faisait ce qu'elle voulait, et toi, tu laissais faire ?

— Ce n'est pas exactement ça. Et je ne te demande pas de comprendre. Elle fuyait à toutes jambes son modèle familial…

— Il existe sûrement un moyen terme, entre les Chapelot et un truc à la Sartre et Simone de Beauvoir…

Charlotte assène une de ces vérités dont elle a le secret. Là voilà dans son activité favorite : elle coupe et tranche dans la vie des autres.

— Tu m'emmerdes, Charlotte. On n'est pas ici pour juger si on formait un couple conforme à tes idéaux. On est là pour savoir si elle a été tuée par un salopard.

— Je peux dire quelque chose ?

Étienne, plus Nounours que jamais, nous regarde puis ajoute, comme on se jette du haut d'un pont, pour un saut à l'élastique.

— Elle m'avait parlé d'un voyage scolaire qu'elle voulait organiser…

Nous nous tournons vers lui.

— Je crois qu'elle m'avait cité une nouvelle de Flaubert qu'elle faisait étudier à une de ses classes…

— « Un cœur simple », oui ! On en avait discuté.

— Voilà… Et comme elle cherchait à les intéresser par tous les moyens…

— Je sais.

Ce qu'il y a de bien avec l'amant de sa femme, c'est que vous entendez votre vie racontée de l'extérieur.

J'enrage. J'ai à nouveau envie de frapper Machin. Il continue pourtant, comme s'il n'avait pas remarqué la férocité qui m'habite.

— Elle voulait les emmener en Normandie, dans un parcours Flaubert. Pour rendre tout cela concret. Elle était si…

— Passionnée par son métier, oui ! Machin. Tenez-vous-en aux faits. Et, s'il vous plaît, vous deux, arrêtez de commenter. (J'ai de détestables trémolos dans la voix.)

— Alors, sans doute que ce type à qui elle a prêté le nom de l'écrivain devait être quelque chose comme un organisateur de voyages scolaires. Si on le regarde sous cet angle, tout s'éclaire ? Non ?

Étienne décidément est moins idiot que ne laisse supposer son air de sainte-nitouche masculine.

— C'est sûrement ça, s'exclame ma sœur qui reprend du poil de la bête.

La paix et le Saint-Joseph circulent à nouveau entre nous. Je respire mieux. Mais je ne comprends toujours pas pourquoi je n'étais pas au courant d'un projet aussi anodin. Je le dis et je le ressasse, sans doute, quand Machin m'interrompt :

— Je sais pourquoi… ou je le devine ! Elle voulait vous émoustiller, vous taquiner, car elle répétait souvent que vous étiez tellement anxieux qu'il fallait vous « traiter par l'homéopathie ». À force de titiller vos angoisses, elle voulait en faire baisser le seuil… C'est ce que j'avais cru comprendre. Mais surtout, elle désirait vous faire une surprise.

— Et elle vous racontait ça à vous ? éructé-je.

Je me lève et arpente le salon.

— Et à qui imaginiez-vous qu'elle le dise ?

— À moi ! Abruti !

— Vous vouliez qu'elle vous explique la surprise qu'elle désirait vous faire ? Ne faites pas l'enfant. Elle comptait vous téléphoner une fois là-bas et vous inviter à une promenade romantique au bord de l'océan, avec une nuit dans un hôtel fabuleux qu'elle avait déjà repéré ou même retenu sur Internet. Je vous l'ai dit, elle vous adorait. Moi, je n'ai jamais pu espérer le moindre week-end. Sauf celui à Giverny, qu'elle m'a toujours présenté comme l'exception.

Étienne a les yeux mouillés. Charlotte aussi. Je suis encore en miettes. Agité de sentiments si contradictoires que je vais imploser. Je ne me rends pas compte que je suis en train de m'agenouiller sur le tapis. Je m'écroule sur la table basse pour sangloter. Charlotte a le bon sens de ne pas intervenir ni en parole ni en geste. Nounours-Machin renifle. Enfin, après un moment que je ne peux évaluer, Madame Butterfly se lève pour une nouvelle distribution de Saint-Joseph. Puis, la sidération n'étant pas sa tasse à thé, elle analyse :

— Je résume ce que nous venons de découvrir. Adèle voulait organiser un voyage scolaire en Normandie. Pendant la préparation de ce parcours, elle comptait te faire une surprise et t'offrir deux jours en amoureux. Flaubert est sans doute un créateur de voyages littéraires à thème. Peut-être même qu'il est spécialisé dans ce genre de trajet. Par contre, il est pour le moins bizarre. Il parle par citations, il donne des rendez-vous obscurs à Adèle. Il lui propose, voire impose un itinéraire par lequel elle trouvera la mort. Sa voix est presque inaudible. Son téléphone paraît muet. Il n'a ni nom ni adresse. Juste un numéro. S'il ne me rappelle pas, cette piste restera vide.

Quelque chose essaie de se faire jour dans ma cervelle embrumée par la tristesse et l'alcool. Pourquoi n'y avais-je pas pensé plus tôt ? À l'appartement, Adèle et moi pianotions sur le même ordinateur. Mais le petit portable d'Adèle… Celui qu'elle gardait au lycée possédait peut-être des documents qui pourraient nous aider. Lorsque j'avais distribué les affaires de ma femme, j'avais conservé son Mac. Avant de le donner à un de mes neveux, j'attendais de le vider de tout son contenu, et je n'avais pas encore eu le courage de le faire.

Je me lève précipitamment. Quelques instants plus tard, je suis au salon avec l'engin.

11 – Le Mac se met à table

Je le branche et l'allume. Charlotte et Machin m'entourent étroitement. Je remets 1515 en code. Il s'ouvre. Mon amour… T'étais la proie idéale de tous les hackers.

— Mais, je m'en fous complètement, Ger ! Si je commence à varier mes mots de passe, je perdrai mon temps à les chercher. Je ne vais quand même pas me les tatouer ! Je n'ai rien à cacher, tu le sais ! Et Adèle de hennir. Et moi de lui répondre dans ces passes d'armes entre couples qui résonnent comme des gimmicks :

— Non ! C'est une question de principe. T'as pas à faciliter le boulot de ceux qui veulent pirater tes comptes, nom d'un chien !

— Personne ne va pirater les comptes, comme tu dis, d'une obscure prof de français. Et qui plus est, d'un Lycée lambda de banlieue parisienne. Ger, tu es parano !

L'écran affiche un paysage vert, humide et inconnu. Des maisons à colombages. Un truc pour ceux qui aiment les chaumières sous la pluie. Sur le bureau, plusieurs icônes bleues de dossiers. Certains s'intitulent « sans titre », d'autres « Solène », « Sybille », « Syndicat », « Première L », « Seconde 6 », « Première ST2S ». 9 dossiers en tout. Sachant le manque de rigueur – la fantaisie, aurait-elle dit – d'Adèle, je sens que notre exploration dans les méandres de son ordinateur risque de ressembler à une descente aux enfers informatiques.

— On commence par quoi ? questionne Charlotte.

— Je propose de visiter d'abord tous les dossiers sans histoire, type « Solène ». Ensuite, on se consacrera à ceux des élèves. C'est peut-être là qu'on trouvera le fil conducteur vers Flaubert…

Le pragmatisme de ma sœur me gagne, elle opine d'ailleurs avec force devant ma proposition. Étienne ne dit rien.

« Solène » donne successivement trois recettes : une de gravlax de saumon à l'aneth, une deuxième de canapés pour réception et une dernière de velouté de petits pois. Je me rappelle avec douceur qu'elle avait fait la préparation au saumon. Deux patrons de tricot dessinés par sa cousine et scannés.

Je n'ai jamais compris pourquoi tu t'intéressais à cette activité puisque tu ne savais pas tricoter. Bénédicte avait essayé de t'apprendre et tu avais produit une écharpe qui « tenait plus de la tripe que du vêtement ». Du moins, c'est ce que tu m'avais dit.

— Bon, propose Charlotte. Le dossier « Solène » est clos, non ?

— Oui. Passons à Sybille.

Là encore, nous ne découvrons que d'innocents documents d'une activité pédagogique partagée avec sa collègue. Adèle travaillait sur la toponymie et Sybille, prof de géographie, à l'analyse de paysages du Val d'Oise, près de la Roche-Guyon. Je me souviens qu'elles avaient emmené les mêmes classes en sortie.

« Syndicat » ne révèle, lui aussi, que d'arides documents destinés à ses collègues.

Les « Dossiers sans titre », au nombre de trois, présentent : un dossier complètement vide, un autre rempli d'une tentative de budget que je regarde brièvement avec tendresse… et un dernier de type fourre-tout avec des modèles de tricot – encore… –, des extraits de journaux portant essentiellement sur les dérives de l'Éducation nationale, une biographie de Sainte-Beuve. Enfin, son emploi du temps d'il y a cinq ans. Rien concernant « l'affaire ».

Nous nous sentons fébriles. Étienne est muet comme une carpe, Charlotte ébouriffe sa coiffure impeccable. Elle nous propose de manger et part sans attendre à la cuisine réchauffer le canard aux coings. Étienne et moi mettons le couvert. Nous avons l'air d'une petite famille, et je ne peux m'empêcher de sourire devant l'incongruité de ma remarque.

Nous nous attablons, je pose l'ordinateur bien dégagé, je recommence à pianoter tandis que Machin et ma sœur poussent leur assiette pour m'encadrer. À nouveau, nous nous la jouons moineaux dans le nid.

Il me semble que c'est avec la Première L qu'Adèle comptait étudier « Un cœur simple » de Flaubert. Peut-être est-ce ainsi que nous raccorderons l'écrivain et l'inconnu.

J'ouvre le cœur battant le dossier « Première L ». Plusieurs sous-dossiers se présentent à l'écran, mais je vois immédiatement celui qui pourrait nous intéresser. Six documents le constituent : « Étude de l'incipit », « L'excipit », « La séquence », « Biographie de Flaubert », « Normandie », « Prolongements ». La tension autour de la pièce monte de quatre crans. Charlotte soupire, Étienne caresse le duffle-coat qu'il a placé sur le dossier de sa chaise. J'ouvre rapidement « Biographie de Flaubert », aimanté par le nom tant attendu. Un simple énoncé des dates les plus importantes de la vie de l'auteur, des photos, un exercice très académique et sans histoire. Mais je sais combien Adèle aurait pu le rendre intéressant.

« Normandie » présente une carte de la région, et un article sur Ry-Yonville-L'abbaye, aux accents ronflants :

« Gustave Flaubert dénicha son héroïne désespérée dans ce village normand embrumé, dont le cœur ne bat aujourd'hui que pour elle…

La jeune guide n'a pas les cheveux tirés en bandeaux, ni le tic de se mordre les lèvres. Sa coiffure est moderne (vaporeuse et dégradée), son sourire, contemporain (frais et frondeur). Elle ne porte pas de bas blancs dans des bottines noires, mais va pieds nus dans ses ballerines, et préfère le jeans taille basse au corset lacé de cuir. Pourtant, Madame Bovary, c'est un peu elle. Il ne lui a pas échappé qu'elle aurait bientôt l'âge de l'héroïne de Flaubert lorsque celle-ci se suicide en avalant de l'arsenic, à 27 ans, criblée de dettes, déçue par son mari médecin comme par ses deux amants. »

La photo qui illustre l'article est celle du fond d'écran du petit Mac : un alignement de chaumières proprettes le long d'un mince cours d'eau, des arbres, des prairies vertes, le tout nappé d'un léger brouillard. Il s'agit donc de Ry : « village normand embrumé ».

Rien ne le rattache à l'inconnu.

Charlotte, qui a les pommettes rouges d'excitation me montre « Prolongements ».

— Ger… Ouvre celui-ci. C'est sans doute les prolongements à l'étude ! Donc, peut-être un voyage scolaire…

Je clique. On voit immédiatement le document intitulé « Projet de voyage ». Je serre la main de Charlotte qui n'a pas que des défauts. Et nous lisons :

« Projet de voyage : Première L.

Dans les pas de Flaubert

8 au 11 avril 2015

8 avril : arrivée à Caen dans l'après-midi. Visite de l'église Saint-Étienne qu'affectionnait Flaubert. Écrire à l'office du Tourisme de Caen.

12, place Saint-Pierre 14 000. Caen. 02 31 27 14 14.

Voir où loger. Auberge de jeunesse ?

9 avril : Pays d'Auge : ferme de Géfosse à Pont-L'Évêque et celle du Coteau à Deauville. Départ et arrivée à Ry. Voir et contacter pour Circuit Bovary, office du tourisme, place Gustave-Flaubert, Ry (76).

Tél. : 02 35 23 19 90. Logement à voir sur place.

10 avril : Journée à Ry. Départ et arrivée le soir à Rouen

11 avril : Journée à Rouen. Musée Flaubert et d'Histoire de la médecine, 51, rue Lecat, Rouen (76). Tél. : 06 99 31 40 48. Contacter.

Voir auberge de Jeunesse.

En soirée, retour à Paris vers 11 heures/minuit. À voir avec Benoît.

Ne pas oublier de contacter le 06 72 45 08. Ce type est bizarre, mais il est une mine de renseignements (il se prend pour Flaubert !).

Il propose un détour par Canteleu.

Pour voyage préparatoire. À débattre avec Dominique.

Budget autour de 250 € ? Organiser vente de viennoiseries aux récréations. À décider avec les élèves.

Contacter aussi les parents. Fabriquer une circulaire à mon retour du voyage préparatoire. »

****

Le silence entre nous est épais comme de la confiture trop cuite. Peut-être tient-on le début de la piste.

— Qui est Dominique ? demande Charlotte.

— Sa collègue du CDI, avec laquelle elle avait l'habitude de préparer ses voyages.

— Vous avez son numéro de téléphone ?

Étienne semble émerger de sa léthargie.

— Non !

— Il est sans doute dans les contacts d'Adèle…

Nounours, décidément, sort d'hibernation.

En effet.

J'appelle.

12 – Flaubert avait le téléphone

« Oui ? »

Une voix plutôt douce me répond.

— Dominique Charbonnière ? Je suis Germain Hérelier, le mari…

— D'Adèle ? Je suis vraiment désolée. J'aimais beaucoup votre femme. Je suis encore sous le choc. On travaillait souvent ensemble. Et… nous étions sur ce projet en Normandie quand elle… enfin…

— Oui. Je sais.

Un bref silence entre nous ; Charlotte-Nelson me fait signe d'embrayer.

— Justement… (Je reprends d'une voix hésitante) J'étais en train de ranger des papiers d'Adèle. Et je suis tombée sur le projet de voyage…

— Oui…

— Elle pensait s'en référer à vous à propos d'un type bizarre qui semblait en connaître un bout sur…

— Flaubert ? Oui ! Votre femme l'avait surnommé ainsi, vu qu'on n'avait rien compris à son nom. D'ailleurs, nous l'avait-il seulement donné ? Je ne sais plus. Il parlait d'une manière étrange et embrouillée, mais il connaissait la Normandie de Flaubert sur le bout de l'ongle. Avant que je ne donne ses références à Adèle, c'est moi qu'il avait contactée. Il était missionné par la municipalité de Ry, je crois, pour assister les voyages scolaires sur ce thème.

Charlotte m'écrit sur un bout de papier la question à poser à Dominique, pendant que je l'écoute me parler de l'inconnu. Je lis : « mais comment ce Flaubert a-t-il eu le numéro de téléphone de Dominique ? ». Je demande à mon tour.

— Il est passé par le site du lycée. Et il a joint le CDI avec l'adresse mail. Il m'a laissé son numéro de téléphone, et m'a intimé de prévenir Mme Hérelier qu'il était à sa disposition pour tout organiser. Je l'ai trouvé bizarre, mais, en même temps, je me suis dit que ça ne nous faisait pas prendre de grands risques de le contacter... Mais pourquoi me demandez-vous cela ?

— J'essaie de reconstituer l'emploi du temps de ma femme dans les moindres détails, en relisant ses notes... J'y rencontre une forme d'apaisement.

J'ai conscience que ma réponse peut paraître bien mince, voire tirée par les cheveux. En un mot, mauvaise.

Mais Dominique Charbonnière continue :

— Alors, je suis contente d'avoir pu vous aider... Je pense très fort à vous et votre famille. Je suis à votre disposition si vous avez besoin d'autres renseignements.

— Merci. Bonne soirée.

Je transpire.

L'anxiété m'inonde, mais ma sœur et Machin ne me semblent guère mieux. Le Saint-Joseph est fini depuis longtemps. J'allume la lampe orange de la bibliothèque. Pendant notre enquête, la nuit est tombée, tôt, comme un soir de janvier.

Je commence :

— On en sait à la fois trop, et pas assez, non ?

— Oui...

C'est Machin-Nounours qui est à court de commentaires.

Charlotte ne dit rien. Si je mesure l'étendue de sa détresse au temps de silence, elle est plongée dans des affres terribles. Néanmoins, et comme chez elle, la légionnaire n'est jamais loin, je sens qu'elle va nous faire un topo revigorant.

— Bon, je résume... Un type, délégué par l'office de tourisme de Ry, a contacté la documentaliste du Lycée d'Adèle. Son intervention faisait suite aux demandes de renseignements que cette Dominique et ta femme avaient envoyés aux diverses adresses qui doivent sans doute figurer sur le document que nous venons de lire. Vous me suivez ?

Étienne opine. J'admire et je crains ma sœur. J'approuve également. Elle poursuit :

— Ce type, ensuite, se met en communication avec Adèle, probablement parce que la documentaliste a servi de courroie de transmission.

Charlotte se sublime. Elle rayonne d'autorité. Je la contemple et la dévisage comme un scout apeuré regarderait sa cheftaine le sauver alors qu'il est en train de patauger dans des sables mouvants. Elle continue. Elle ne parle plus, elle harangue, elle n'analyse plus, elle plante des petits drapeaux sur une carte. Sur cette carte, un champ de bataille : la mort de ma femme. L'ennemi : Flaubert. Nous évoluons dans une autre dimension. Je fixe Nounours, histoire de me raccorder à un quelconque prosaïsme. Il triture son doudou verdâtre. Charlotte continue :

— Ensuite, ce type bombarde Adèle de SMS en forme de citations, et de coups de téléphone dont certains correspondent à l'heure de l'accident, ayant eu lieu sur la route que cet individu lui avait formellement demandé d'emprunter. Sans vouloir m'avancer, je crois que ce Flaubert est responsable, ou du moins impliqué dans ce… terrible événement. Mais nous n'avons de lui qu'un numéro de téléphone. Pour l'instant, il ne répond pas. S'il persiste dans son silence, cette piste-là est morte. Et son absence prouverait sa culpabilité. Non ?

— Ce que tu énonces a l'air logique. Mais si, comme l'avait dit le capitaine dont j'ai oublié le nom, nous étions en train de nous faire un film parce que nous ne tolérons pas qu'elle ait eu un accident bête et méchant, dû à cette conduite hasardeuse qu'elle avait si souvent…

Ma voix tremble. Je poursuis :

— Et si tout cela n'était qu'un tissu absurde de coïncidences que nous refuserions d'accepter ?

— N'oubliez pas les petits mots menaçants…

Étienne me regarde. Il est ému.

— Et si c'était pour répondre à ses coups de téléphone qu'elle avait relâché son attention ? Et s'il avait orchestré tout ça pour se débarrasser d'elle ?

— Mais pourquoi un employé d'un office de tourisme normand s'en serait-il pris à elle ? Les psychopathes ne courent pas les rues…

— Plus que tu ne crois, Germain… En tout cas, et quoi que tu dises, il y a un faisceau de faits troublants qu'il nous faut mettre au clair.

Charlotte regarde sa montre.

— Il se fait tard. Nous sommes fatigués. Je propose qu'on se partage les investigations et qu'on se retrouve sans traînailler la semaine prochaine. Je m'occupe d'obtenir le PV de l'accident, pendant ce délai. Étienne, contactez les différents offices de tourisme, y compris ceux qui ne sont pas de Ry. Voyez s'ils auraient un employé spécialiste de Flaubert. Quant à toi, Germain, tu devrais cuisiner un peu plus cette Dominique et, au besoin, va consulter aussi Benoît. Ce sont des témoins possibles de quelque chose. Qui sait ? Vous êtes d'accord ?

— Oui, rétorque Étienne, qui enfile sa défroque. Mais il me semble que nous n'éviterons pas de nous déplacer sur les lieux du drame. Il nous faut aller à Ry. Peut-être que des gens ont aperçu Adèle avec Flaubert.

Je ne réponds rien. Je suis épuisé. Pour moi, ce soir, le temps de l'action est terminé. Je veux me rouler en boule dans mon lit. Je veux rêver que je caresse la peau si douce d'Adèle. Je veux pleurer tout seul.

13 – Où la réalité prend corps

Adèle marche sur une route sombre. Ses cheveux sont relevés en une sorte de chignon souple. Je suis là, je la regarde sans rien faire. Elle se tourne vers moi :

— Ger, mon amour…

Mais avant que je ne puisse lui répondre, elle disparaît en ricanant derrière un énorme rocher. Je tremble, je pleure et me réveille dans le même état. Pourquoi toi, Adèle ? Tu étais la vie, la chaleur, la tendresse et la dureté. J'appréciais ta sincérité, ton altérité. Cette manière si particulière, douce et ferme à la fois d'imposer ce que tu étais.

— Ger… Je suis ainsi. Ce n'est pas négociable. Tu as compris tout ce que je ne peux supporter de Bazoches… Les plans de carrière, les discours creux, les vérités assénées comme des théorèmes. C'est pas ça la vie, mon amour… C'est une force, un truc mouvant, imprécis, tâtonnant…

Adèle… J'admire ta façon d'être. Même si j'ai souvent rêvé, je te l'avoue, que tu sois plus facile, plus malléable, moins libre. J'aurais voulu, sans me le figurer vraiment, que tu me promettes que j'étais le seul et l'unique, que tu ne voyais que moi, que les autres hommes n'existaient pas… Je sais que ce sont des fadaises ou, tout du moins, des constructions mentales, des croyances. Mais j'ai besoin d'être rassuré. Comme tu l'as dit à l'autre Machin, je suis un anxieux. Il va me falloir vivre maintenant sans toi. En plus, j'ai ton amant sur le dos. T'avais de drôles de goûts, ma douce… Un Nounours mal fini, qui tripote son duffle-coat comme si c'était un doudou. D'ailleurs, il va se pointer dans une heure… Lui et moi, on est inséparables, aujourd'hui. Tu te fous de moi, Adèle, non ?

Je rejette les couvertures et me lance dans les occupations rituelles du matin : café, douche, rasage, café encore. Je rassemble sur la table du salon le petit dossier que j'ai constitué.

J'ai vu Dominique et Benoît. Tous les deux ensemble, à la cafeteria du lycée d'Adèle. J'ai pris des notes. J'ai prétexté un texte à écrire qui retracerait les derniers jours de ta vie. Pour moi, comme exutoire. Ils m'ont regardé avec compassion, mais ils doivent me trouver barge… De toute façon, on me pardonne beaucoup ces temps-ci. Sauf ma sœur, qui continue à me pilonner pour que je me montre plus civil, plus Hérelier, plus geisha, plus, plus… Merde.

On sonne.

C'est Charlotte. Avec un poulet aux olives. Et de la polenta. Elle m'embrasse, va poser ses Tupperwares. Elle se fait un café, prend le lait dans le frigo et revient s'asseoir en face de moi. Elle a une écharpe rouge de laine fine, une robe grise. Ses cheveux sont impeccablement coiffés, comme d'habitude. Ses yeux bruns me regardent avec attention.

— Qu'est-ce qu'il se passe, Charlotte ? Que devrais-je faire que je n'ai pas fait ?

— Germain, je sais que tu fais de ton mieux…

— Mais ?…

Je crois que j'aboie comme un roquet.

— Il n'y a aucun « mais » à ma remarque… C'était un constat. Pas un reproche. J'ai juste trouvé que tu avais l'air fatigué. Et nerveux. Ne me réponds rien. Tu as toutes les raisons de l'être. Je voulais seulement te dire qu'on a fait du bon boulot tous les trois. Et qu'on va finir par y arriver. L'autre, là, finalement, il s'est bien adapté…

— Qui ?

— Étienne !…

Puis, gagnée sans doute par l'incongruité de sa remarque, elle s'esclaffe fiévreusement, je ne tarde pas à partager son hilarité. Nous pleurons de rire sur le canapé à l'idée de former une bonne équipe avec l'amant de ma femme et de le trouver « adapté » à la situation.

— T'imagines les Chapelot ? Je hoquette. Édouard ?

Charlotte repart de plus belle.

— Et Bénédicte ?

Je hurle de rire. Que pourrait-elle dire comme commentaires ?

— On pourrait toujours gloser sur les enfants, Jean-Maurice, mais je suis sans voix… Germain tolère, voire héberge l'amant de notre fille et en fait un partenaire d'investigations farfelues.

Charlotte est déchaînée et place sa bouche en cul-de-poule pour imiter ma belle-mère dans ses œuvres.

— Et sa sœur, l'avocate bien sous tout rapport, cautionne ce comportement pour le moins ridicule. Que dis-je, Jean-Maurice, parfaitement inconvenant…

Nous rions à perdre haleine quand Étienne sonne à la porte.

— Montez ! Nounours ! On n'attend plus que vous ! Et je raccroche en gloussant.

Étienne est là, plus piteux que jamais dans son duffle-coat désolant. Charlotte et moi avons récupéré un semblant de dignité, mais Machin doit sûrement nous trouver étranges avec nos yeux humides et nos visages rougis. Il porte une tarte aux pommes et une bouteille de mâcon.

Nous nous assoyons autour de la table. Madame Butterfly prend la parole :

— Je commence, si cela ne vous fait rien. J'ai pu avoir communication du procès-verbal d'enquête de gendarmerie, mais j'ai dû attendre, tout à fait normalement, qu'il ait été transmis au Procureur de la République, c'est-à-dire pas avant que les forces de l'ordre n'aient achevé leurs investigations. C'est l'article 13 de la « loi Badinter » du 5 juillet 1985. Elles ont été relativement rapides. Il n'y avait aucun témoin. L'accident a eu lieu sur la D 53, entre Éttoutteville et Hautot-Saint-Sulpice, à l'endroit précis où cette route, essentiellement droite, fait un coude assez remarquable.

Je regarde sur l'ordinateur le trajet énoncé par Charlotte. L'atmosphère, presque légère quelques instants plus tôt, s'est alourdie. Solennisée. Je suis à nouveau angoissé. Charlotte continue :

— Quelques mètres plus loin, six cent cinquante-deux, exactement, se trouve l'embranchement de la rue de l'Orée du bois, sur la commune de Hautot. L'accident a eu lieu vraisemblablement entre 20 heures et 20 h 30, le 26 octobre, si l'on en croit le témoignage d'un habitant de la zone, Monsieur Raymond Lestourgeau. Il était allé dans son champ, vérifier si son fils avait bien abaissé la barrière de l'enclos des vaches, en fin d'après-midi. L'homme a entendu le bruit de l'impact et des tôles. Il s'est approché de la voiture. Malgré l'obscurité, il a pu se rendre compte brièvement de la gravité du choc. C'est lui qui a prévenu la gendarmerie de Yerville et qui les a conduits sur les lieux. Les forces de l'ordre ont alors constaté que le véhicule était allé s'encastrer contre un chêne, sur le côté gauche de la courbe…

Je suis glacé. Je commence à visualiser la scène avec une puissance incroyable. Je suis pétrifié. Étienne n'en mène pas large, lui non plus. Charlotte me regarde. Je lui fais signe de continuer.

— À l'intérieur de la voiture, ils ont trouvé le corps de Madame Adèle Hérelier, écroulé sur le volant, la portière avant gauche ouverte par le choc. Un des gendarmes présents a constaté la mort apparente de la victime. Les forces de l'ordre ont alors appelé le médecin d'Éttoutteville qui n'a pu que confirmer le décès ; le choc causé par l'impact du volant sur l'os frontal de la victime ayant vraisemblablement entraîné une fin quasi instantanée par enfoncement de la boîte crânienne.

Je savais la plupart des détails donnés par Charlotte. Ils m'avaient été communiqués lors de l'annonce de la mort d'Adèle.

Mais entendre relater ainsi toutes les circonstances me laisse anéanti à nouveau. Comme si tout ce que j'avais tenté pour survivre jusque-là s'évanouissait. Je fonds en larmes. Charlotte et Étienne m'ont pris chacun une main, je crois. Nous restons un moment figés. Mes deux compagnons reniflent aussi. Enfin, je m'extrais de la douleur qui me broie et demande :

— Charlotte… Est-ce que le PV souligne d'autres éléments ? Est-ce qu'elle a freiné, est-ce qu'elle allait trop vite ?

— Les gendarmes ont relevé d'importantes traces de freinage, sur une centaine de mètres. Compte tenu de la puissance du choc, ils en ont conclu que la vitesse était trop élevée pour lui permettre de négocier correctement le virage. Ils ont trouvé son sac et son téléphone à terre. Le contenu du premier a rendu possible de l'identifier et de te prévenir. L'engin a fait l'objet d'une analyse complète. Il a révélé qu'elle était en communication quelques instants avant l'accident. Que ce numéro avait appelé plusieurs fois ce même jour et les jours précédents, sans que les enquêteurs arrivent à identifier l'interlocuteur si ce n'est par le nom sous lequel il était inscrit dans les contacts de la victime… Car le numéro provient d'un téléphone avec carte prépayée, donc, pas d'abonnement.

— Flaubert…, murmure Étienne.

— Oui… Flaubert, poursuit Charlotte. Mais, compte tenu de la vitesse excessive, de l'utilisation intempestive du téléphone, de la courbe, l'enquête en a conclu à un simple accident de la route ayant entraîné le décès de la conductrice. Elle a aussi déterminé que l'entière responsabilité d'Adèle Hérelier ne faisait aucun doute. Ce PV a été également transmis à votre compagnie d'assurances.

— Mais… Il ne leur a pas semblé étrange qu'elle communique avec un interlocuteur fantôme, nommé Flaubert ?

C'est Étienne qui parle d'une voix émue.

— Pas suffisamment, sans doute, pour pousser plus loin les investigations, ajoute ma sœur. Le Procureur a classé l'affaire. D'autre part, et même s'il lui a téléphoné plusieurs fois, dont une au moment de l'accident, Adèle n'était pas supposée répondre. Rien ne la contraignait à le faire.

— Sauf sa fichue manie, et même sa tare, de le faire envers et contre tous mes conseils en la matière. Putain…

Je suis brassé par la tristesse et la colère.

Charlotte-Amiral Nelson s'est levée pour faire du café. Nous le buvons en silence. Je suis épuisé, bouleversé.

Étienne pose sa tasse. Il caresse machinalement une manche de son doudou verdâtre, et, après avoir toussé, annonce timidement :

— J'ai enquêté, comme vous me l'aviez demandé…

14 – Enquêtes, quêtes et requêtes

Nous lui faisons signe d'embrayer. Nounours se lance en consultant ses notes :

— J'ai d'abord téléphoné à Ry. À l'Office de tourisme, chargé du circuit Flaubert. La responsable s'appelle Caroline Legrand. C'est une jeune femme qui a été en communication avec Adèle et Dominique, qui leur a envoyé un tas de documentation par courriel, qui a téléphoné à Dominique à deux reprises et à Adèle environ trois fois. C'était pour fixer le prix d'une intervention auprès des élèves sur place, sur le nombre exact de participants, sur le contenu de la balade littéraire, et sur les dates. Elle avait donné rendez-vous à Adèle le 25 octobre, pour lui faire découvrir le circuit… La visite a bien eu lieu. Elle se souvenait d'elle, mais ne m'a pas appris quoi que ce soit de nouveau par rapport au supposé Flaubert.

Pourquoi je trouve ce type lourd ? J'ai envie d'une réplique cinglante, mais je me la garde. Trop fatigué. Étienne continue, après avoir réajusté ses lunettes crasseuses.

— Personne à Ry ne s'appelle Flaubert. Caroline Legrand a une voix claire. Plutôt haut perchée sans être stridente.

Machin me scotche. Lui aussi me fait penser, comme Charlotte, à un fonctionnaire nazi. Quelles que soient les circonstances, il glose sans état d'âme. En même temps, je me trouve pathétiquement injuste. Et à nouveau puéril. Faut croire que si la souffrance creuse en nous comme dans de la matière molle, chez moi, elle ne rencontre que l'infantilisme qui me constitue. Pendant cette séance intérieure de flagellation, Nounours poursuit son rapport :

— Il n'y a aucun spécialiste masculin de Flaubert. C'est Caroline Legrand qui chapeaute le secteur. J'ai téléphoné ensuite aux offices de tourisme de Caen et de Rouen. J'ai rajouté, de mon initiative personnelle, ceux du Pays d'Auge, et j'ai aussi appelé le directeur du musée Flaubert. Aucun, bien sûr, ne se baptise Flaubert. C'est donc, à l'évidence, un surnom donné par Adèle. À Caen et Rouen, les responsables sont des femmes, tout comme à Ry. Aucune voix ne peut être rapprochée de celle du répondeur. Personne ne m'a fait de citations. Personne n'a, dans son équipe culturelle, quelqu'un qui ressemblerait peu ou prou à l'interlocuteur d'Adèle. C'est-à-dire avec une voix basse et plutôt rauque, et surtout, qui convoquerait de cette manière, sur les routes de Normandie, un visiteur potentiel.

— Et comment avez-vous fait pour obtenir tous ces renseignements ? Charlotte semble ébahie par Nounours.

— J'ai parlé de l'accident, et j'ai dit que j'étais un gendarme chargé de l'enquête… Donc, on peut entériner que ce Flaubert est en dehors de tous les circuits habituels et qu'il a contacté Dominique et Adèle officieusement. Pourquoi a-t-il choisi votre femme dans ce Lycée particulier ? Avec quelles intentions ? Voulait-il la tuer ? Et dans ce cas-là, est-il l'auteur des lettres anonymes ? À ce stade-là, je l'ignore…

— C'est bon, Machin… (Je chevrote nerveusement) Ça confirme nos doutes, si on peut dire que des doutes soient confirmés. Je crois que ce que j'ai à ajouter n'apportera pas grand-chose de plus. J'ai discuté avec Dominique et Benoît. Dominique ignorait qu'Adèle avait reçu des lettres de menace. J'ai essayé d'aller plus loin concernant Flaubert. La documentaliste a précisé qu'il ne leur avait presque rien envoyé par courriel, juste la première prise de contact. Il leur avait spécifié qu'il préférait le téléphone, plus direct, plus convivial. Qu'il était un « vieux tromblon » de l'ancien temps. Elle l'avait trouvé étrange, comme elle me l'avait déjà dit dans sa communication, mais en même temps, il était d'une érudition folle, citant l'écrivain comme s'il avait « tété ses romans à la naissance ». Et, pour elle, ça lui a servi de caution intellectuelle.

Quant à Benoît, il m'a confirmé que toutes ses investigations concernant les lettres de menaces n'avaient rien donné. Il a été très secoué par l'accident, d'autant que cette menace était contenue dans les deux dernières missives reçues par Adèle.

Il ne peut pas s'empêcher d'y voir un rapport étroit. Et pourtant, il ne remarque rien du côté des élèves. Aucun ne présente le caractère pathologique qui expliquerait un tel acte. Pour lui, ces lettres n'émanent pas d'un lycéen. Il en est sûr, sauf à douter de tout. Il reste néanmoins vigilant et nous tiendra au courant si jamais il voyait du nouveau. Mais, moi non plus, je ne pense pas qu'un élève soit impliqué dans un truc aussi tordu. En plus, il aurait fallu qu'il passe un temps fou à se documenter sur Flaubert, non ?

— Je crois qu'on peut l'affirmer.

Charlotte claironne.

— Oui, répond Nounours, non moins péremptoire.

Nous décidons d'un commun accord de manger. Pour se détendre. Nous savons maintenant que c'est Flaubert qu'il nous faut retrouver.

15 – Une virée entre potes

Le repas est morne. J'ai fabriqué un pâté de légumes. Nous éclusons le vin sans rien dire. Si l'enquête se poursuit encore dans les mêmes conditions, nous allons devenir alcooliques. Fini le mâcon, j'ouvre un petit blanc de Sancerre.

Nous nous regardons en silence.

Machin reprend :

— Qu'est-ce qu'on va faire ?

— Continuer, répond Charlotte. Nous avons trouvé un fil, nous allons le tirer pour voir ce que révèle la pelote.

La métaphore est hardie. J'approuve d'un signe de tête, puis je me lance :

— Je vais partir sur les lieux pendant les vacances de février. Je vais traquer ce Flaubert de mes deux. Je sens, je sais que c'est lui qui a tué Adèle. Le rapport n'est pas évident. Mais qui me dit qu'il n'était pas au courant que ma femme conduisait comme un pied, qu'elle téléphonait au volant ?

— Mais pourquoi vouloir l'exécuter ?

Charlotte pose la question fondamentale, celle que j'ai pesée et soupesée sans entrevoir le moindre début de réponse. Adèle était juste. Adèle était aimable, au sens le plus profond du terme. Que s'était-il passé dans sa vie pour susciter une telle haine ? J'ai dû penser tout haut, car Nounours répond :

— Trouvons Flaubert et nous trouverons le mobile. Je vous accompagne.

— C'est une blague, Machin ! Nous n'allons sûrement pas partir tous les deux, le mari et l'amant sur les routes de Normandie, comme des potes en vadrouille, non ?

— Étienne a raison. (Charlotte me coupe dans mes trémolos indignés) À deux, vous ferez deux fois plus d'investigations.

Je ricane :

— Ça, c'est frappé au coin du bon sens, et, si tu venais, on pourrait multiplier nos recherches par trois ! Et puis, louons un camping-car, prenons des chaises en toile, et profitons-en pour visiter la région en famille !

— Tu es ridicule, Germain, et tu le sais…, ergote ma frangine.

— Bien. Moi aussi, je vais faire un résumé de la situation. Depuis plusieurs semaines, je mange, j'enquête, je bois avec l'amant de ma femme. J'ai encaissé sa mort brutale, le fait que je sois cocu avec un Machin mal fini. Ma sœur me donne des leçons de stoïcisme. Et maintenant, je devrais partir bras dessus bras dessous avec ce parasite conjugal parce que ce serait plus efficace… Mais voyons, Germain, arrête tes enfantillages, prends de la hauteur au moins une fois dans ta vie et cesse de ronchonner…

Je suis ivre. De vin, de colère. J'imite Charlotte avec une voix haut perchée. Elle m'observe avec des yeux exorbités. Nounours regarde ses pieds. Je me sens brutalement épuisé, abattu, désespéré. Comme si cet accès de rage venait de me purger définitivement. Charlotte fait bouffer ses mèches. Et entonne :

— Calme-toi, Germain. C'est la fatigue qui te fait ratiociner ainsi. En plus, tu m'imites mal. Je n'ai pas une voix aussi aiguë.

— Charlotte, s'il te plaît… Je ne veux pas de leçons de vie…

— Qui te parle de leçons de vie ! Mais… comment me vois-tu ? Comme une rombière préoccupée par ses soucis domestiques ? C'est ça ? Comme une bourgeoise idiote au milieu d'une famille parfaite ? Ça fait maintenant plusieurs jours que je travaille sur cette enquête avec Étienne et toi. Autrement dit, avec l'amant et le mari de ma belle-sœur. Tu m'as vu faire la mijaurée ?… Non ! Laisse-moi te dire ce que je vais te dire. Moi aussi, j'ai envie que toutes ces recherches se terminent. J'y pense tout le temps. Alors, amant ou pas amant de ta femme, pour que nos investigations aient une chance d'aboutir, il faut qu'Étienne t'accompagne.

Moi, je vous rejoindrai le week-end. Le reste, pour l'instant, on s'en fiche complètement. Et puis, qui a sauté qui, aujourd'hui, tu crois que ça a encore de l'importance ?

Je suis sidéré. Les mots de ma sœur, plus Wellington que jamais, percutent mon cerveau comme des boulets de fonte. Machin-Nounours la regarde avec admiration. Elle a raison, je le sais. Mais… comme j'aimerais me reposer. Adèle…

Merde ! Tu me punis de quoi ? Tu m'imagines faire le mariole avec ce guignol en duffle-coat ? Oui… Je suis certain que tu me vois le faire ! Même que si ça se trouve, ça te fait rigoler.

— OK, Machin. Je suis vaincu. On va se faire une petite virée ensemble. On va s'organiser. De toute façon, je ne peux pas être plus bas, plus enfoncé, plus mal. Alors, c'est sûr que comme le dit Charlotte avec élégance, qui a sauté qui, on s'en contrefout, maintenant.

Je me lève pour faire des cafés, péniblement. Les deux autres, j'en suis certain, se regardent avec connivence… On sirote un expresso. Je les entends bourdonner à côté de moi. Il est question de poser des jours, d'enfants en vacances – j'avais oublié que ce type est nounou –, de réservation, de voiture… Je suis épuisé.

Le téléphone d'Adèle est sur la table basse. Je l'allume et regarde fixement le selfie de nous deux. C'est alors que Nounours demande :

— On a consulté les photos d'Adèle ? Peut-être qu'elle en avait pris de… Flaubert ?

16 – Les photos en apprennent toujours

La galerie de photos est pleine. À la fois, celles de l'appareil et celles reçues en téléchargements divers.

Celles prises par le téléphone, et, logiquement, par Adèle sont hétéroclites. On y voit des sacs de paille à l'étal d'un marché – sans doute pour Sybille ou une quelconque de ses collègues –, des couvertures de livres, moi à mon bureau, moi sur les rochers de la plage de la Corniche à Sète, l'été dernier, Adèle et moi pris par un passant au mont Saint-Clair, Jean-Maurice et Bénédicte, plus endimanchés que de coutume, moi encore, grimaçant... Notre vie passée défile, instants dérisoires où je ne me savais pas aussi heureux et insouciant. Moments fragiles, ridicules, pathétiques. Dans les clichés récents, des paysages... Un endroit qui ressemble à la photo d'accueil de son ordinateur. Vert, brumeux, vu depuis un pont dont on aperçoit le parapet de pierre ocre. Une croix, visiblement, à un carrefour, avec une étendue herbeuse et plate derrière. Une ferme coquette à colombages. Une église. Et beaucoup d'autres clichés encore, pris sûrement dans les quelques jours avant sa mort. Pendant son voyage préparatoire. Oh... Mon amour... Je regarde ces photos avec tendresse. Il y a dans ces clichés toute la force et la passion que tu mettais dans ce que tu faisais. Je t'imagine cadrant tel ou tel monument ou paysage, te demandant si tu allais y emmener les élèves, s'ils allaient apprécier, s'ils...

— En somme, dit Étienne, nous avons là tout le trajet qu'elle a fait... Si nous arrivons à identifier tous les lieux, nous pourrons reconstituer son voyage. Et, sachant que Flaubert lui avait donné des conseils précis, ces photos portent quelque chose de cet... homme.

— L'avait-il accompagnée ? enchaîne Charlotte. Il ne semble pas y être...

L'espace d'un instant, j'avais oublié où j'étais. Je reviens péniblement à la conversation. Quelques photos, encore, prises dans une ville. Il nous sera sûrement facile de l'identifier. Point de Flaubert.

Nous regardons ensuite les téléchargements. Un dossier MMS et WhatsApp. À nouveau, des sacs en osier et en toile, des chapeaux excentriques à la devanture d'une boutique, la gueule du caniche de Rosalinde en train de bâiller, un verre plein d'un liquide ambré avec une paille et une ombrelle de papier rose, et des paysages. En camaïeu de verts. Prairies légèrement jaunies, arbres spectaculaires, fontaine perdue dans une campagne obscure, gros plans de fleurs… Seraient-ce des clichés envoyés par Flaubert ? On dirait un macabre jeu de piste qui se terminerait dans un chêne, le soir du 26 octobre… Quelques photos seront identifiables. J'appuie sur « Albums » et nous découvrons les mêmes vues normandes classées par jour et par lieu… Il ne nous reste plus qu'à tracer, sur la carte, le trajet emprunté par Adèle…

Machin s'applique, sous la dictée de Charlotte. On s'attendrait presque à le voir lever le doigt pour prendre la parole, en bon lèche-cul de ma sœur. Elle est dans son rôle favori, celui qu'elle joue depuis son enfance : cheftaine, maîtresse d'école, quand elle commandait son armée de poupées, défoncées à force d'avoir été lavées et peignées. Je suis injuste, oui, je sais. Adèle, arrête de me faire la morale, haut perchée dans un coin de ma tête.

— Ta sœur est une fille bien ! C'est toi qui dois sortir de ton schéma de petit garçon râleur.

T'en as de bonnes, mon amour… Ce n'est pas toi qu'elle harcelait de conseils, de principes et de maximes en tout genre. Oui… Je suis puéril. Merdeux, même… Si tu veux !

— Regarde, Germain… Nous avons quasiment fini. La virée a duré trois jours, mais, ça, on le savait. Et les photos se répondent, comme s'il existait un jeu entre Adèle et Flaubert… Il délimitait le trajet par clichés envoyés et elle partait reconnaître les lieux où il les avait pris. Nous n'avons pas de trace de ses MMS, mais on peut supposer qu'elle renvoyait son propre cliché comme preuve de sa découverte.

Le premier jour, le 24 octobre, lorsqu'elle est partie d'ici, elle est allée à Deauville. C'est peut-être là qu'elle escomptait t'inviter à un week-end surprise. On trouve deux photos presque semblables d'un même bâtiment, une espèce de manoir cossu à colombages bleus, des clochetons, un toit rouge profond. On dirait un parc autour. Son portable était géolocalisé, et les clichés ont été rangés sous « Deauville ». Je crois savoir que la géolocalisation brasse large, aussi, cette maison n'est peut-être pas dans la ville même. Ensuite, c'est quoi, Étienne ?

— Caen... L'église...

— Ah oui ! Deux tours clochetons, ocre rosé. Un truc imposant qui ne sera pas difficile à identifier, à mon avis. Des arcatures romanes, visiblement. Ils n'ont pas cadré la photo sous le même angle. Flaubert l'a prise de face, et Adèle depuis l'abside. Mais, pas de doute. C'est bien la même. Pour le dossier « Caen », c'est tout. Ensuite, on passe au lendemain, le 25 octobre. Et on a « Ry ». Une série de maisons normandes, certaines crépies, d'autres ayant conservé ou retrouvé leurs colombages, des toits gris, devant une pièce d'eau, une mare miniature, bordée de végétation. Flaubert et Adèle ont quasiment la même photo, Adèle l'a juste prise d'un peu plus près, avec deux passants à l'arrière, que la vitesse du déplacement rend flous. Les ombres portées, aussi, sont différentes. La lumière de celle de Flaubert est brumeuse et dorée. Le cliché d'Adèle offre une palette de gris bleuté. On trouve encore le même pont, avec un parapet élégant et léger : une barrière de fer forgé, comme pour certains balcons du Midi. Sur un cours d'eau de carte postale.

L'ensemble, que je reconnais être celui de l'écran d'accueil du Mac est reposant. Je me demande d'ailleurs comment cette photo a pu figurer sur son ordinateur, puisqu'elle ne l'avait pas emporté. Je dois encore m'interroger tout haut, car Étienne répond :

— Peut-être la lui avait-il envoyée il y a plus longtemps... Je ne sais pas comment l'exprimer... Mais elle a l'air importante. D'ailleurs, Adèle l'avait mise en bonne place...

— Emblématique, confirme Charlotte, qui a toujours aimé les mots précis. N'oublions pas qu'on est au cœur du roman le plus représentatif de

Flaubert, l'écrivain… On est à Yonville – L'Abbaye, si j'en crois Wikipédia.

La dernière photo montre une ville importante, en vue plongeante et dominante depuis une route en lacets, avec une énorme cathédrale que ma sœur reconnaît comme celle de Rouen. Là encore, les deux clichés sont quasi semblables, à l'exception de la lumière. Celle du Flaubert inconnu, je devrais peut-être dire de l'assassin, semble prise un jour de soleil.

Charlotte s'apprête à partir. La nuit est tombée depuis longtemps. Gilles lui a téléphoné afin qu'elle n'oublie pas d'acheter du pain. Auparavant, nous nous fixons une ultime piste d'investigation : repérer tous les lieux avec précision afin de préparer notre future feuille de route.

— Si vous pensez à autre chose, ce serait bon de nous le communiquer par téléphone… Étienne, donnez-moi vos coordonnées.

Nounours ouvre son appareil, il ne connaît pas son numéro par cœur. J'en prends note également dans mon téléphone et me fais un petit plaisir infantile, celui de porter « Machin » comme nom du contact. La boucle est bouclée, j'ai le numéro de téléphone de l'amant de ma femme.

II

« *Assassin. Toujours lâche, même quand il a été intrépide et audacieux. Moins coupable qu'un incendiaire.* »

Flaubert
Dictionnaire des idées reçues

26 octobre 2016, 20 h 02

« "Et d'ailleurs, le cœur de l'homme n'est-il pas une énorme solitude où nul ne pénètre ? Les passions qui y viennent sont comme des voyageurs dans le désert du Sahara, elles y meurent étouffées, et leurs cris ne sont point entendus au-delà."[8]

— Le vôtre, peut-être, Flaubert… Je vous trouve plus que lourd avec vos citations. Qu'est-ce que vous essayez de me dire ? Je ne suis pas Louise Colet, moi ! Ça m'a amusée un temps, ce jeu de piste, mais là, vous me rasez. Vous voulez quoi ? Coucher avec moi à la fin du périple ?

— Ne soyez pas vulgaire, Adèle, et gardez votre corps pour votre petit mari… S'il en reste pour qu'il y goûte à nouveau…

— Quoi ? Vous me menacez ? Vous êtes complètement dingue… C'est vous qui m'avez envoyé ces foutues lettres anonymes ? »

Elle comprend que l'autre a coupé la conversation. Elle a peur.

---

[8] Flaubert, *Novembre*.

1 – Jeudi matin, 2 mars 2017

Nous sommes en bas de l'immeuble, Étienne, Charlotte et moi. Ma sœur a pris le temps de nous dire au revoir et de vérifier que nous avions la feuille de route prête. Machin a le duffle-coat humide. Il tombe un crachin dégueulasse. La voiture est parée, elle aussi, c'est la mienne, bien sûr. Ma vieille 206 rouge. Étienne n'a pas le permis, paraît-il. De toute façon, il ne me semble pas posséder ou maîtriser grand-chose, sauf ma femme… Dans une vie antérieure.

Sur le tableau de bord, j'ai installé la feuille de route :

Jeudi : Deauville et la ferme du Coteau (nous avons identifié, sur les photos, la grande bâtisse aux colombages bleus). J'ai réservé deux chambres à l'« Hôtel du Pays d'Auge », résidence de charme, dont je me contrefous, mais dont les prix convenaient à Nounours et moi. Car il me faut désormais composer avec les goûts et les revenus de l'amant de ma femme… C'est à la fois normal et fort de café.

Vendredi : Caen et visite de l'église Saint-Étienne, elle aussi reconnue sur les photos comme étant un des lieux de prédilection de Gustave. Deux chambres au Formule 1 de Caen.

Samedi, nous réceptionnerons Charlotte à la gare de Caen à 10 h 09 et partirons tous les trois pour Ry. Trois chambres au Formule 1 de Rouen. La pilule a été difficile à faire avaler à ma sœur qui considère ce type d'hôtel comme « épouvantable ». Nous passerons une partie du dimanche à arpenter la ville avant de rejoindre Paris.

Charlotte m'embrasse, m'assure de son soutien et serre la main d'Étienne. Le duffle-coat pendouille sous la pluie. Nous montons dans la voiture. J'ai un très fort sentiment d'irréalité.

Étienne s'installe et pose son manteau sur le siège arrière. Il sent le chien mouillé. Moi aussi, sans doute.

Je suis dans un état difficile à définir. En roue libre. Anxiété, excitation, irritation, tristesse. J'aimerais découvrir qui a tué ma femme, comme un lâche, dans l'ombre. Sans prendre de risques, l'assassin, qui connaissait Adèle, l'a sûrement harcelée pour lui faire perdre le contrôle de sa voiture.

Mon pauvre amour… Qui pouvait te haïr à ce point ? Toi… Si vivante, si tendre, si drôle… Je te revois m'ébouriffer avant de te précipiter vers la mort, insouciante et heureuse…

Le contact est mis, nous partons. Nounours regarde la feuille de route. Nous avons convenu de ne pas prendre l'autoroute. Pas seulement par économie, mais parce que nous supposons que tu ne l'as pas fait non plus. Tu ne les aimais pas et l'autre, tapi dans un nulle part à débusquer, t'avait sûrement conseillé de suivre les chemins de traverse.

— Sortie Versailles, N12, murmure Étienne, qui prend son rôle de copilote au sérieux. C'est étrange de ne pas savoir véritablement que chercher…

— Oui…

— Croyez-vous, Germain, que nous n'entreprenons pas tout ça pour rien ? Nous ne connaissons rien de ce type. Adèle, visiblement, ne l'a pas côtoyé…

— Je ne vous ai pas demandé de m'accompagner. Alors… Si vous le faites, ne me bousillez pas le peu de moral qui me reste. On cherche. On ne sait pas ce qu'on cherche, mais je suis sûr qu'à un moment donné, nous tiendrons un indice, si minime soit-il. Et on le sentira. Quelque part se planque un immonde personnage qui a flingué ma femme. Je veux apprendre qui il est. L'obliger à se montrer. Et là, vous m'entendez, Étienne, je lui ferais regretter son acte.

— Vous avez raison, Germain. Je ne dois plus douter. Est-ce que vous permettez que je vous dise quelque chose ?

— De toute façon, le pire a déjà été dévoilé… Alors, si ça peut vous faire plaisir…

— Je vous aime bien. Et votre sœur aussi.

Je ne trouve rien à répondre. J'allume la radio, pendant que mon compagnon se replie contre la portière.

Le sentiment d'irréalité est plus fort que jamais. Nous roulons un moment avec France Inter en fond sonore. J'entends, comme dédoublées, des nouvelles dont je n'écoute rien. L'amant de ma femme vient de m'avouer qu'il m'aimait bien. Je pars à la recherche de l'assassin d'Adèle. On dirait que je suis passé de l'autre côté d'un miroir. Mais ce n'est pas le pays des merveilles. Non.

— Attention, Germain… On doit contourner Versailles. Prenez à gauche, la N12, qui nous fera éviter le centre.

Je bifurque un peu brutalement.

Des pans de forêt viennent parfois lécher le bord de la nationale. Vestiges ombreux d'une végétation qui fut dense. Je crois me rappeler qu'à l'origine, le château de Versailles était un pavillon de chasse. L'espace d'un instant, quelques visions cynégétiques, mais royales me distraient de la route et de notre objectif. Je dis « notre », maintenant. Mon cerveau laminé a intégré que je formais une équipe avec Machin. Ce dernier regarde le paysage en silence. J'aperçois ses joues rondes, ses lunettes et sa tignasse. Il ne bruine plus, il pleut fort. Mais en campagne, le ciel gris, les champs vert vif, les arbres dépouillés et luisants ont un charme mélancolique. Les gouttes strient les vitres, la vitesse leur donne d'étranges trajets, capricieux et aléatoires.

— Jouars-Pontchartrain… Nous rentrons dans les terres de la belle-famille, Étienne. Sur la droite, je vois une bifurcation pour Saint-Nom-la-Bretèche. Mon beau-frère va y jouer au golf. Ça vous situe son homme, non ?

— J'avais cru comprendre qu'Adèle venait d'un milieu très bourgeois…

— Le top du top, mon vieux ! Pas de 206 rouge de ce côté-là ! Que du solide et du cher.

Voilà que je fais des confidences à Nounours. Je me ramollis, je le sens. Je baisse la crête et la garde, je vais faire plaisir à ma cheftaine de sœur. Si ça continue, je vais être complètement domestiqué. « Adulte » dirait Charlotte…

— Croyez-vous qu'Adèle se soit arrêtée chez ses parents lorsqu'elle a entamé son périple ?

Étienne a détaché un instant son visage du paysage trempé.

— Non ! Je me souviens que Bénédicte, ma belle-mère, le jour de l'enterrement, m'en avait fait la remarque. Elle en était désolée. Mais je sais que ma femme ne se sentait pas très à l'aise dans sa famille, même si elle les aimait beaucoup. Elle avait fait des choix de vie trop différents… (je soupire) et ne leur disait plus trop grand-chose de son existence pour ne pas les heurter.

— Je comprends…

Dreux… Nonancourt… Je m'arrête à Marcilly-la-Campagne. Une place, plantée de grands arbres nus encore, entoure une petite église au toit rouge et pointu. Des maisons crépies de gris ou de rose, d'autres à colombages, longent la route.

— Allez, mon vieux, j'ai besoin de boire un café. Je vous invite !

Décidément, je suis devenu mou du bulbe, consensuel et amical.

2 – Pause-café

En face de la petite église, un troquet se dresse, sous le nom du « Bar des amis ». Sa façade de bois rouge apporte une note de gaieté. La pluie se déverse par paquets venteux. Nous traversons la nationale, poussons la porte recouverte de publicités diverses. Brusquement, j'ai l'impression d'être dans les années cinquante, du moins, telles que je les fantasme. Des tables rondes, avec des sous-verre de carton, des chaises de bois luisantes de toutes les fesses qui se sont assises dessus, une odeur à la fois familière et difficile à décrire : chien mouillé, vin, bière. Peu de gens. Des vieux jouent aux cartes presque en silence, deux solitaires sirotent un café dans d'épaisses tasses blanches. Des serpillières sont étalées, passé la porte, pour tenter de juguler les traces de pas mouillés.

Nounours et moi nous installons près de la vitre ruisselante. La patronne a une petite cinquantaine, des cheveux frisés, un chemisier rose. Nous commandons deux grands crèmes. Machin s'agite. Va-t-il me faire une nouvelle déclaration ?

— Le prochain sera pour moi ! Germain…

— C'est bon Étienne ! On ne va pas tenir des comptes serrés !

— Oui ! Mais je ne veux pas vivre à vos crochets !

— C'est sûr que de ce côté-là, entre nous, ça a mal commencé…

À peine dit, je regrette mon sarcasme. Étienne rougit et baisse la tête avant de répondre :

— Je sais que vous avez des difficultés à encaisser cet état de fait. Encore une fois, je veux vous dire que votre femme n'aimait que vous. J'étais une parenthèse…

— Grosse la parenthèse, non ?

Décidément, je ne sais pas me taire.

Étienne balaye ma remarque d'un geste et continue :

— C'est dur à avaler pour moi. Et ce n'est pas ces quelques moments, que j'avais souvent l'impression de voler, qui devraient vous perturber ainsi... Peut-être même que je n'étais qu'un pied de nez à sa famille et aux conventions.

En disant cela, la voix d'Étienne se brise. Je crois voir ses yeux se mouiller de larmes. J'ai envie de le réconforter pendant quelques dixièmes de secondes.

Heureusement que la patronne arrive avec notre commande.

— Ces messieurs sont de passage ?

Elle a une voix agréable, presque veloutée.

— Oui, dis-je. Nous allons à Caen.

— Belle ville ! J'espère que vous allez profiter d'une amélioration du temps. On a beau adorer l'humidité, trop, c'est trop.

Étienne renifle. La femme le regarde avec commisération. Que peut-elle imaginer de la situation ? Une dispute entre deux amants ? Des copains en vadrouille, l'un consolant l'autre d'une rupture ? Des commerciaux dont l'un viendrait de se faire virer ? Presque par jeu, j'ajoute :

— Nous faisons un peu de tourisme. Hors saison, c'est plus abordable. Et puis, nous aimons la pluie !

— Parisiens ?

— Oui ! Au fait... (Et je ne comprends pas ce qui me prend) Vous n'avez pas vu cette femme, il y a environ cinq mois ?

Je sors fébrilement une photo d'Adèle et la montre à la dame qui se penche avec beaucoup d'intérêt vers le cliché.

— Non... Je ne crois pas. Vous savez, c'est loin, cinq mois. Et même si nous n'avons pas une fréquentation de fous pendant ces mois-là, il en défile du monde, finalement... Qu'est-ce qui se passe ? Elle a disparu ?

Je sens une pointe de suspicion dans sa voix.

— Oui. Enfin, pas vraiment... Voilà... C'est mon épouse et elle est morte dans un accident de voiture. Et avec cet ami, nous avons décidé de reconstituer les derniers jours avant son décès.

— Vous allez écrire un livre sur elle ? répond la femme subitement compatissante.

— En quelque sorte…

Je me rends compte de l'inanité de mon mensonge, mais je ne veux pas raconter ma vie autour de moi. Cependant j'espère ne rien négliger. Peut-être qu'Adèle s'était arrêtée aussi boire un café ? En même temps, je sens avec force le travail de fourmi qui nous attend. Nous n'allons pas faire une halte dans tous les bars de la région. Et puis, ma femme n'a peut-être laissé aucun souvenir notable. Le désespoir s'abat sur moi. Étienne me regarde, comme s'il comprenait ce qui se passe.

Il reprend :

— On voudrait lui rendre hommage en faisant une sorte de reportage.

— C'est original, dit la femme. En même temps, pourquoi pas, hein ?

Nous échangeons encore quelques platitudes. Nounours a heureusement le don de la diversion, puisqu'il s'enquiert, pendant que je règle, de l'essor du tourisme à Marcilly-la-Campagne. Nous sortons et je sens le regard de la patronne dans mon dos, chargé d'interrogations.

Je comprends que je dois mettre au point une sorte de numéro mieux rodé pour ne pas inquiéter la population honnête.

Coup de téléphone de Charlotte.

— Alors ? Comment ça se passe ?

C'est Madame Butterfly qui m'appelle, d'un ton primesautier comme si j'étais en vacances.

— J'ai l'impression qu'on va chercher une aiguille dans deux tonnes de foin… On ne connaît que quelques bribes de son trajet, on ne sait pas où elle s'est arrêtée, où elle a dormi, mangé. On ne sait rien. Je suis déjà vidé.

— Non ! Germain ! Non ! Passe-moi Étienne.

Je m'exécute.

— Étienne ? Qu'est-ce qui vous arrive ? Vous baissez les bras avant de les avoir montés ? (J'entends de loin la voix d'avocate de ma sœur et je suppose qu'elle va entamer une plaidoirie haut les cœurs) Vous venez seulement de vous arrêter boire un café ? C'est bien ! Il faut faire une pause quand on conduit !

— C'est juste, murmure Étienne, qu'on a montré la photo d'Adèle à la patronne et qu'elle ne l'avait jamais vue…

— Normal, non ? Claironne Charlotte. Vous n'alliez pas tomber sur le témoin idéal dès la première pause pipi ! Et c'est pour ça que Germain se décourage ? Repassez-le-moi…

Wellington-Nelson-Napoléon se lance dans un sermon dans lequel j'entends plus que je n'écoute que nous devons être forts et tenaces. Que je dois m'oublier avec mon cynisme, mon anxiété, mes doutes. Que je ne suis pas là pour exprimer mon nombrilisme, mais me dévouer corps et âme à la recherche de la vérité. Elle m'étrille encore quelques minutes, me presse comme un citron pour extraire la moindre goutte de scepticisme et me laisse essoré et toujours plus épuisé. Je pose le téléphone.

— Je vous résume, Étienne ?

— Non, répond celui-ci avec un sourire. Je crois que j'ai plus ou moins capté l'esprit de son intervention !

Je souris à mon tour.

— Ma sœur dans ses œuvres…

— Elle n'a pas tort, reprend timidement Machin. Nous nous sommes découragés trop vite.

Je lui sais gré du « nous ». Je mets le contact. Nous partons.

La pluie a faibli. Aux Andelys, nous récupérons l'autoroute. À nouveau la forêt vient titiller les bords de l'immense ruban asphalté, même si un fossé et des barrières brisent la possibilité de capter la perspective. Puis, vers Pont-Audemer, le paysage change. Pour autant que la saignée créée par l'autoroute nous le laisse sentir, nous rentrons dans une vaste étendue herbeuse, entrecoupée d'étangs et de haies. L'atmosphère, même mouillée, semble plus lumineuse. Quelques chevaux broutent en petits troupeaux.

Pont-l'Évêque, Saint-Arnoux, Touques. Voilà Deauville…

3 – La ferme du Coteau

Étienne me guide jusqu'à la villa Strassburger, près de l'hippodrome de Deauville. C'est en effet sur l'emplacement d'une propriété de la famille Flaubert qu'Henri de Rothschild fit ériger cette énorme bâtisse de style normand. Le ciel est léger, quelques nuages s'effilochent au-dessus des colombages bleus. Un parc verdoyant l'encercle. On arrive vers une coquette entrée avec un portique. Un panneau indique que la villa ne se visite que de juin à septembre. Mais Charlotte nous a obtenu un rendez-vous avec le conservateur, par on ne sait quelle obscure chaîne de relations.

Qu'est-ce que j'espère trouver ici ? Je sais juste qu'Adèle y est allée, les photos en témoignent, et qu'elle a dû profiter de son statut d'enseignante pour décrocher une visite hors saison, comme nous. Peut-être que cette particularité fera que l'on se souviendra de son passage.

Sur le trajet du bistrot à ici, nous avons, Étienne et moi, peaufiné un scénario à peu près plausible pour justifier notre enquête. Nous devons écrire pour le journal de son Lycée un article sur les derniers jours d'Adèle. Il rentrera, avec d'autres textes, comme un hommage à ma femme, décédée finalement dans l'exercice de ses fonctions.

Nous sonnons et nous nous annonçons à l'interphone qui se met à grésiller. Une voix aimable nous dit d'entrer, tandis que le portail de bois blanc, actionné de l'intérieur, s'ouvre.

Le parc est humide, les quelques feuilles toujours présentes sur certains arbustes luisent des averses matinales. Une fraîche odeur de terre et d'humus entoure la bâtisse. Étienne resserre son duffle-coat autour de sa poitrine. Je me rends compte qu'une des attaches pend, le bouton de bois s'est fait la malle. Pauvre diable ! Je crois que je vais finir par l'aimer, moi aussi…

Un invraisemblable manoir normand se dresse devant nous, avec d'innombrables tours, tourelles et cheminées, des balcons, de superbes colombages bleus sur une façade blanche. Une armée de fenêtres mansardées hérisse le toit de délicieuses verrues.

Une femme sort nous accueillir. Genre aristocrate fatiguée. Talons plats, collants épais, pull d'excellente coupe et collier de bon goût. Elle nous tend une main vigoureuse et sèche :

— Marie-Sixtine de Rémincourt. Conservatrice. L'intonation est parfaite, son visage anguleux sourit aimablement. Entrez, je vous prie.

Nous la suivons dans un bureau moderne et chaleureux, orné de photos de Deauville, de vieilles cartes postales du lieu et d'un portrait de Flaubert, exécuté au fusain. Deux plantes vertes encadrent une fenêtre très haute qui donne sur le parc. Elle nous fait signe de nous asseoir sur deux fauteuils de cuir, un peu design, mais pas trop.

— Vous souhaitiez visiter la villa Strassburger ?

— Oui… Mais surtout, nous aimerions vous poser quelques questions.

Je lui sers la fable mise au point avec Étienne. Ce dernier ne pipe pas mots. Il se contente d'approuver discrètement mes dires.

— Mes condoléances, Monsieur, reprend Marie-Sixtine apitoyée. Je compatis avec vous. C'est un bien douloureux événement. Si je peux…

— Voilà… Est-ce vous qui faites visiter la villa ?

Ma gorge est sèche. Mon cœur est malmené.

— Rarement. La plupart du temps, nous avons deux guides qui se relaient à la saison. Néanmoins, et parce que je travaille ici en permanence, il m'arrive de le faire avec des visiteurs exceptionnels. Récemment, nous avons eu le ministre japonais de la Culture. Vous savez ? Les Japonais aiment Flaubert et nombreux sont ceux qui visitent la région pour se mettre, en quelque sorte, dans ses pas. Marie-Sixtine émet un gloussement distingué que je décrypte comme un rire élégant.

Je fais un signe qui peut passer comme un assentiment enthousiaste à condition d'avoir l'imagination débordante.

Étienne, de sa voix tranquille, interrompt ce moment d'hilarité de bon aloi.

— Est-ce que, le 24 octobre dernier, vous avez accueilli Madame Adèle Hérelier ? En tant qu'enseignante, elle avait correspondu avec l'office de tourisme de Caen qui lui avait aménagé une visite préparatoire à un voyage scolaire dans votre établissement. Et ce, malgré la fermeture annuelle.

— Laissez-moi consulter mon planning… (Marie-Sixtine pianote sur son ordinateur. Nous attendons en silence. La peur me tétanise.) Non… Ce n'était pas moi ! Mais mon assistante Monique. Je vois en effet que, ce jour-là, j'étais à Paris à la BN. C'est donc Monique qui s'est tout naturellement chargée de la visite. Vous voulez que je l'appelle ?

Je fais signe que oui. Étienne aussi. Marie-Sixtine reprend, tout en composant un numéro sur le téléphone de son bureau.

— Elle est en ce moment à l'Office de Tourisme…

L'écouteur sur l'oreille, la conservatrice a un sourire discret qui s'élargit lorsque son interlocutrice se manifeste :

— Monique ! Bonjour ! Marie-Sixtine… Oui ! Très bien, merci… Dites… J'ai là dans mon bureau deux messieurs qui voudraient savoir si au mois d'octobre, plus précisément le 24, vous vous souvenez avoir organisé une visite de la villa à une dame, professeur de lettres qui souhaitait préparer un voyage scolaire… Oui ? Absolument ? Dites, Monique… Quand pourriez-vous venir en discuter avec ces messieurs ? Ils ne sont que de passage. Oui ! Oui… Ils vous expliqueront… Eh bien merci, Monique, nous vous attendrons. Dans mon bureau… À tout à l'heure…

— Elle vient ? demande Nounours avec son air de chien battu.

— Elle arrive dans une heure, sitôt sa mission terminée. En attendant, je vous propose de visiter l'intérieur de la villa que je me ferai un plaisir de vous commenter.

Marie-Sixtine est parfaite. Elle me rappelle Bénédicte en plus intelligente. L'anxiété croissante ravive ma méchanceté puérile. En même temps, elle l'exorcise, comme si j'avais besoin de ces piques idiotes pour calmer mes tourments en les déplaçant d'objet.

Pendant que je m'adonne à mon activité favorite d'autoflagellation — nombrilisme, dirait Charlotte —, nous nous sommes levés pour suivre la conservatrice qui nous emmène d'une démarche vigoureuse vers un couloir moquetté de rouge framboise. Marie-Sixtine proclame d'une voix forte :

La villa Strassburger est une demeure emblématique de la villégiature de la Belle Époque. Nous allons entrer dans la salle à manger. Elle a été construite par le Baron Henri de Rothschild sur l'emplacement de la ferme du Coteau, propriété de la famille de Gustave Flaubert. Amateur de courses hippiques, le Baron a préféré la proximité de l'hippodrome à celle de la mer. En 1924, elle est devenue la propriété de Ralph Strassburger, un magnat américain, puis son fils l'a léguée à la ville de Deauville en 1980.

La villa fait de nombreuses références à la Normandie, y compris dans les pommiers plantés dans le parc.

Nous entrons dans une impressionnante pièce rose. Des meubles en bois clair, des fauteuils et des chaises, eux aussi tendus de velours rose, une immense table en marqueterie, des tableaux exquis aux murs.

— Ce qui est remarquable, ajoute la conservatrice, c'est que tout le mobilier Belle Époque a été maintenu et restauré tel qu'il était.

Je ne peux m'empêcher de penser que Marie-Sixtine, elle aussi, a été conservée en l'état Belle Époque. Machin-Nounours s'approche des tableaux avec intérêt, je ne lui connaissais pas la fibre artistique. Mais, que sais-je de lui, finalement ? Sinon que ce type, somme toute sympathique, se tapait ma femme…

Je suis la conservatrice par politesse et pour vaincre l'angoisse qui me taraude depuis que j'ai appris que ladite Monique a rencontré Adèle. Que va-t-elle pouvoir nous signifier ?

— Cette salle est régulièrement louée pour les mariages ou certains séminaires, car, il va de soi que l'ensemble demande un entretien important et assidu. Petit détail passionnant, voire croustillant ! rajoute notre guide émoustillée, les Allemands qui occupèrent la villa pendant la guerre avaient fait construire un réseau de souterrains qui existent toujours et que nous mettons un point d'honneur à conserver en parfait état. N'eût été que votre visite est limitée dans le temps, je me serais fait un plaisir de vous y conduire.

Je ne connais pas grand monde capable de placer « n'eût été » avec autant d'aisance dans une conversation. Nous parcourons encore d'autres pièces roses, les fenêtres sont encadrées de tentures spectaculaires, toutes bouillonnées. Elles m'évoquent furtivement des rideaux de théâtre. C'est alors que le téléphone sonne dans la main de Marie-Sixtine. Un bref échange s'en suit.

— Messieurs, Monique est là…

4 – Monique, le livre d'or et… Flaubert

Nous revenons rapidement dans le bureau. Une femme y est déjà. Cheveux blancs et courts, tenue confortable, léger embonpoint. Je m'applique à respirer. Nous nous assoyons. Marie-Sixtine se place discrètement en retrait, mais reste présente. Je suis noué. Je commence d'une voix hésitante à exposer notre version édulcorée de l'accident d'Adèle, notre désir de lui rendre hommage, notre souci de reconstituer ses derniers jours dans ses moindres détails. Monique hoche la tête avec attention. Ses yeux bleu clair se plissent et lui donnent, malgré ce que je raconte, un air malicieux de vieux lutin. Mon récit terminé, elle ne laisse que peu de temps planer le silence :

— Je me rappelle très bien votre femme. Brune, avec de beaux yeux sombres. Très peu maquillée… Il me semble même qu'elle avait une queue-de-cheval. Elle prenait des notes, attentivement comme une bonne élève ! Elle était seule avec moi. Nous avons discuté librement. Elle voulait savoir s'il existait encore des vestiges de la ferme du Coteau. Elle avait l'air passionnée par la visite, et il émanait d'elle beaucoup de chaleur humaine. Oui… Une femme sympathique !

Mes yeux se mouillent. Monique semble hésiter devant mon émotion, mais je lui fais signe de continuer.

— Je n'avais pas recommandé, comme dans les visites habituelles, de mettre le téléphone sur silencieux. Ce qui m'a frappé, c'est que votre femme a reçu un coup de fil, elle a jeté un œil sur l'écran, manifestement pour regarder qui lui téléphonait, puis s'est excusée pour s'éloigner brièvement pour y répondre. J'ai pensé que ce devait être urgent pour interrompre ainsi la visite… Je l'ai vu parler avec véhémence, comme si elle se disputait ; je l'ai même entendue distinctement dire quelque chose comme « Laissez-moi tranquille, je visite la villa du Coteau, je vous rappellerai en sortant ». Si ce n'est pas la lettre, je crois qu'il y a l'esprit. Elle est revenue vers moi visiblement troublée, en s'excusant une nouvelle fois. Comme elle semblait réellement bouleversée, je me suis permis de lui demander si tout allait bien. Elle m'a répondu qu'elle était harcelée par un importun…

Étienne et moi sommes suspendus à ses paroles. On dirait que nos doutes et nos suppositions se confirment… que la monstruosité de « Flaubert » est en train de prendre corps devant nous. Je murmure d'une voix étranglée :

— C'est tout ce qu'elle vous a raconté ?

— Non… J'ai tenté de la rassurer, de lui exprimer que ces détraqués qui parfois peuvent se manifester font plus de bruit qu'autre chose. Que le mieux pour elle, c'était de fermer son téléphone ou de ne plus répondre quand elle verrait son numéro s'afficher.

— Oui…

Je me sens misérable et brisé.

— Elle m'a dit ensuite qu'elle ne voulait pas fermer son téléphone à cause de vous et que « l'Autre » lui servait de guide à travers la Normandie. Qu'il était un grand spécialiste de Flaubert et que, sans doute, elle se « montait le bourrichon ». Je crois bien que c'est cette expression qu'elle a employée ! « Je suppose qu'il est juste un peu collant » m'a-t-elle dit en substance, ou quelque chose d'approchant. Vous savez, c'est loin tout ça, et je ne pensais pas qu'un jour on me demanderait de rapporter cette conversation somme toute anodine.

— Nous comprenons, murmure Nounours, tout pâle. Il en oublie de cacher l'attache qui pendouille lamentablement sur son duffle-coat. Ce que vous nous dites est très important… Et nous vous remercions profondément. Vous ne vous rappelez pas s'il y avait eu autre chose qui vous avait frappé ?

— Je ne vois pas… Nous avons terminé la visite sans autre incident. Et… tenez, je crois même qu'elle a écrit quelque chose dans le livre d'or.

Marie-Sixtine quitte précipitamment la pièce et revient quelques minutes plus tard avec un ouvrage épais en moleskine grenat.

Les deux femmes feuillettent le registre. Monique pointe du doigt le haut d'une page :

— Voilà, regardez…

Machin et moi nous penchons sur la feuille, recouverte de témoignages divers. Je reconnais immédiatement l'écriture d'Adèle, ronde, travaillée pour rester lisible, avec le goût de la calligraphie dans les majuscules.

« Merci à Monique pour cette charmante visite dans un bel endroit, pour m'avoir fait découvrir ce monument Belle Époque, dont j'emporterai durablement le souvenir. Je le ferai sûrement découvrir à mon tour à mes élèves. Amicalement. Adèle Hérelier. »

Oh, mon amour… Ta petite écriture appliquée me revient comme un coup de poignard dans le vif de la souffrance. Étienne n'en mène pas large, lui aussi.

Nous sommes transis tous les deux. Monique et Marie-Sixtine nous regardent, apitoyées. J'insiste et demande néanmoins d'une voix tremblante :

— Vous ne vous souvenez de rien d'autre ?

— Non… Sauf que je l'ai observée s'éloigner dans le parc. Elle avait un imperméable bleu. Elle s'est arrêtée pour téléphoner et faisait de grands gestes. Je me suis dit qu'elle avait dû rappeler celui qui la… harcelait pour s'expliquer… Je ne vois pas autre chose… Vous aviez été informé de cette situation ?

— Pas directement, non… Mais je m'en doutais. Si elle ne m'en avait pas parlé, je pense que c'était pour ne pas m'inquiéter… En tout cas, merci, Mesdames, de votre aide.

— Je n'ai pas l'impression d'avoir fait grand-chose, reprend Marie-Sixtine. Mais s'il est important pour vous de pouvoir évoquer ses derniers jours, alors, nous aurons apporté notre modeste contribution.

Monique s'avance pour nous serrer la main. Nous la remercions. La conservatrice nous accompagne jusqu'au perron. Pendant que nous étions dans la villa Strassburger, une averse a mouillé le parc et l'allée gravillonnée. Nous quittons les lieux en silence. Je suis abattu. Nounours doit le sentir. Il me tapote le bras et ajoute :

— Au fond, ça confirme nos soupçons. Ce type ne la lâchait pas. Et elle devait commencer à en avoir peur.

— Pourquoi ne m'en a-t-elle rien dit ?

— Vous l'avez exprimé vous-même... Elle ne voulait pas vous inquiéter, elle devait être partagée entre plusieurs interprétations et elle avait probablement choisi la plus légère et la moins conséquente à ce moment-là... Pourquoi ? Nous ne le saurons jamais.

« Se monter le bourrichon... » C'est bien d'elle, ça... Je vois même le geste qu'elle a pu faire pour accompagner ce commentaire. Avec la main droite, en la faisant tournoyer dans l'air. Elle me l'a reproché si souvent... Et je lui disais qu'elle ne se le montait pas assez...

Adèle, tu te rappelles nos discussions sur nos supposés pessimisme et optimisme ? Tu riais comme une folle en me martelant qu'à l'heure de la mort, je me serai bien plus emmerdé que toi dans la vie pour pas grand-chose. Que je n'étais pas plus lucide qu'elle, juste désespérément négatif.

— Heureusement que je suis là pour t'éclairer, Ger, fanfaronnait-elle alors en m'embrassant.

Tu n'es plus près de moi, mon amour... Et je ne sais plus rien faire.

Étienne et moi arrivons à la voiture, dans le parking vide et noyé de flaques. Tandis que je mets le contact, je l'entends me dire :

— Il va nous falloir raconter tout ça à Charlotte...

— Vous désirez le faire pendant que je conduis ?

— Si vous voulez... Il est quelle heure ? Elle n'est pas au travail ?

— Elle a un bureau d'où elle a toute liberté pour répondre. Et puis, si elle est occupée, elle sera capable de nous le dire !

Étienne sort son portable et appelle ma sœur.

5 – L'Hôtel du Pays d'Auge
est d'un charme certain

« Charlotte ? C'est Étienne… »

J'entends vibrer la voix de Madame Butterfly dans l'écouteur. Nounours appuie sur le haut-parleur.

— Enfin ! J'allais vous appeler ! Alors, Étienne, qu'est-ce qu'a donné la visite de la villa du Coteau ? Germain conduit, je suppose… Vous avez du neuf ?

— Oui et non, répond Machin. Nous avons rencontré la femme qui a fait visiter la villa en octobre, à Adèle…

— Et alors ? Qu'est-ce qu'elle vous a dit ? Elle se ressouvenait d'Adèle ?

— Oui ! Elle nous a lâché se rappeler qu'Adèle avait été importunée pendant la visite par un coup de téléphone et qu'elle avait confié à la guide qu'elle se sentait « harcelée ». D'après cette dame, elle avait l'air inquiète… Cette dernière lui a conseillé d'éteindre le téléphone et…

— Voyez ! braille littéralement ma sœur, on ne s'était pas trompés. Ce Flaubert poursuivait Adèle. Il ne la lâchait pas une minute ! Mais nous aussi, on ne le lâchera pas. On va le trouver et le forcer à sortir de sa planque.

Charlotte-Nelson est remontée et se laisse aller à des facilités de vocabulaire. Je beugle à mon tour qu'on n'en a pas plus appris sur le salopard, et qu'on a juste confirmation qu'on ne s'était pas trompés. Qu'on est en train de vider la mer avec un dé à coudre.

— Germain… Encore… Je ne vais tout de même pas te répéter plusieurs fois par jour que tu ne vas pas débusquer ce criminel dans les premières heures de l'enquête ! Bon Dieu ! Tu pourrais peut-être une fois sortir de ton sacré négativisme et nous régaler de ton énergie et de ton dynamisme ! Non ? Que dis-je nous régaler, nous inonder, devrais-je dire ! Nous submerger ! Parce qu'Étienne et moi, on ne va pas se battre pendant que toi tu…

— Merde, Charlotte !

Je hurle dans l'habitacle. Nounours me fait signe qu'il reprend la situation et la conversation avec ma sœur. Il stoppe le haut-parleur.

— Charlotte ? C'est Étienne… Non… Il conduit. Ce ne serait pas prudent… À Deauville, dans la périphérie… Oui, à l'Hôtel… Je ne m'en souviens plus. Attendez, je regarde la feuille de route… « du Pays d'Auge ». Nous allons manger… Non ! On n'a pas eu le temps… Sinon, elle lui aurait retéléphoné en partant dans le parc, mais la guide n'a rien entendu. Elle a juste compris que la conversation était animée. Au carrefour, à gauche, Germain, boulevard Eugène Boudin, puis, deuxième à droite, rue Maréchal Ney. Direction Touques… Non… Charlotte, je guide Germain.

J'entends la voix de ma sœur claironner dans l'écouteur et je remercie intérieurement Machin d'avoir coupé le haut-parleur. Étienne s'escrime encore un moment, puis :

— Voilà… Nous vous rappellerons. On va se reposer un peu, manger et réfléchir à la situation. Oui… Oui… Pas de problème. Je transmettrai. Oui. À bientôt, Charlotte.

— Votre sœur s'excuse, dit Nounours en se tournant vers moi, l'air désolé.

— C'est tout ?

— En gros, oui ! rajoute Étienne avec un demi-sourire.

Ce type, décidément, n'est pas du tout idiot. Je suis en train d'apprécier sa compagnie et sa capacité à arrondir les angles. Adèle… Je sens que je vais devenir copain avec ton amant. Ça t'aurait plu, non ? C'est du grand, très grand n'importe quoi. Mais ça fait cinq mois que ça dure. En plus, mon amour, tu connais Charlotte… À moitié hystérique… Quoi ? J'exagère ? Comme d'habitude ?

— On arrive, Germain !

Étienne me soustrait à un début d'autoflagellation.

Nous sommes devant une coquette maison normande, entourée de pommiers, du moins je le soupçonne, à la façade rosée sous des colombages bruns. L'appellation « Hôtel du Pays d'Auge » s'étale sur une enseigne de métal, à la patine discrète.

Un homme, dans la soixantaine, vient à notre rencontre sur une petite terrasse qui forme, avec une volée de marches moussues, un joli perron, protégé par une marquise.

— Vous avez de la chance, dit-il, la pluie nous a oubliés. Pour l'instant… ! Ajoute-t-il avec un sourire que ma bouffée de tristesse me fait interpréter comme purement commercial.

Étienne prend la peine de répondre par un cliché correspondant.

Il nous distribue les clefs 02 et 06 et se propose de nous faire deux copieux sandwichs, car le service de midi est passé. Nous réservons pour le repas du soir. On décide de se retrouver dans une demi-heure.

Les deux chambres sont au rez-de-chaussée. J'entre dans la mienne. Confortable, presque chaleureuse avec des aquarelles de bon goût, une couette blanche, un monceau d'oreillers moelleux, une table, une chaise, et quelques objets destinés à la personnaliser et à justifier l'appellation d'hôtel de charme. Une étrange chaufferette de cuivre, une statuette en biscuit représentant un paysan et son cheval, et un pot de violettes décorent les encoignures des fenêtres. Elles donnent sur un petit jardin qui doit être particulièrement charmant en été. Je crois voir une mare paysagée et un ensemble de mobilier en fer forgé. Il se dégage une atmosphère paisible.

Le temps de ranger mes quelques affaires et un téléphone sonne. Ce n'est pas le mien, mais celui d'Adèle que nous conservons comme archive photo et que je n'ai pas fermé.

Je me fige un instant, pétrifié de surprise, puis me rue sur le petit mobile et décroche :

— Oui ? Ma voix n'est qu'angoisse.

— Germain Hérelier, je suppose ? La voix est basse, légèrement rauque, étouffée.

— Oui, mais… qui êtes-vous ? Flaubert ?

— « On vit fort bien sans se connaître soi-même, à plus forte raison sans être connu des autres »...[9]

— Faites pas chier ! Qui êtes-vous ? Je m'entends hurler, poussé par une rage aussi soudaine que violente.

— Cela ne sert à rien de s'énerver. Je savais qu'Adèle avait épousé un vulgaire. Je ne vous raconterai pas qui je suis, vous ne le méritez pas. Mais sachez et comprenez bien ce que je vais vous dire. Ne tentez pas de me retrouver. Vous et votre non moins pitoyable comparse.

— Quoi ?... Vous nous menacez ?

— « La vie est un éternel problème, et l'histoire aussi, et tout. Il s'ajoute sans cesse des chiffres à l'addition. D'une roue qui tourne, comment pouvez-vous compter les rayons ? »[10] Je n'ai pas grand-chose de plus à vous dire, mais faites attention.

J'entends le déclic du téléphone qui se coupe. Mon cœur bat dans mes oreilles, en vagues démentes. Je suis sans voix, sans souffle, sans réaction. Je crois que j'ai froid, malgré un chauffage généreux. Ma rage est retombée et me laisse vidé par cette tempête de sentiments brutaux. Je me suis assis sur la chaise et contemple, hébété, le jardin, pendant un temps indéterminé. Puis, je me précipite vers la chambre de Nounours et frappe. Des profondeurs de sa salle de bains, il me dit d'entrer. Étienne se douche.

— Qu'est-ce qui se passe ?

— Étienne, Flaubert vient de me téléphoner... Il nous menace...

— Quoi ? Attendez quelques secondes, j'arrive !

---

[9] Flaubert.
[10] Flaubert, *Correspondance, à Mademoiselle Leroyer de Chantepie.*

6 – Et Flaubert réapparaît

Étienne surgit de la salle de bains, une serviette autour des reins, l'air soucieux.

— Vous avez bien dit ce que j'ai cru entendre ? Flaubert vous a téléphoné ?

— Oui ! Et, grosso modo, il nous demande d'arrêter de le chercher. Un fatras de citations que je suppose de l'écrivain… Et des menaces pour nous deux…

Étienne s'assoit, bouleversé, sur le rebord du lit. Ses cheveux mal essorés pendouillent et dégouttent sur ses épaules.

— Ça fait deux fois aujourd'hui qu'il se manifeste… Je tente de poser des mots pour juguler l'angoisse qui nous étreint. Une fois, que l'on pourrait qualifier d'« en creux », car nous n'avions eu que la réaction d'Adèle et cette fois-ci « en plein », par une intervention directe…

— Il sait donc que nous le cherchons…, souffle Étienne, visiblement terrorisé.

— Putain, oui ! Sur le moment, ce n'est pas ce qui m'a surpris… Mais oui ! Comment ?

J'ai des frissons le long de la colonne vertébrale.

— Il nous suit ? murmure Nounours, plus « Machin » que jamais.

— Faut croire… J'avoue n'avoir rien remarqué. En même temps, comme une telle éventualité était loin de mes pensées, je n'ai pas observé.

— Mais, reprend Nounours, comment a-t-il appris ? Qui savait que nous avions entrepris cette expédition ?

— Charlotte… Sinon… personne. Et je vois mal Charlotte en complice de cette ordure.

— Les deux femmes de la ferme du Coteau aussi le savent. Nous leur avons raconté que nous étions sur les traces d'Adèle. Mais s'il a… des

relations avec l'une des deux ou les deux… Il le sait, maintenant !
(Nounours s'emballe, les yeux brillants) Et alors, il n'y a plus rien
d'étonnant à ce que ce soit à ce moment précis qu'il vous a téléphoné.

— Merde…

— Oui ! Juste le temps de l'apprendre et de nous menacer…

— Attendez, Étienne… Y'a des trucs qui ne collent pas. Ça suppose
quoi, tout ça ? Qu'une des deux femmes ou les deux soient complices de
l'assassin ?… Qu'elles aient reçu des consignes pour le prévenir si elles
nous voyaient apparaître ? Et comment, diable, pouvait-il savoir qu'on
allait découvrir son existence et se mettre à le traquer ?

J'ai des trémolos hystériques dans la voix. Mais l'impression aussi que
ma cervelle est dopée à l'adrénaline qui semble couler à flots dans mes
veines et remplacer mon sang.

Étienne, drapé dans une serviette qui ne cache pas ses petits bourrelets,
a l'air plus « pitoyable comparse » que jamais.

— Habillez-vous, mon vieux ! Nous allons discuter de ça devant une
bière et un sandwich.

Un sursaut de mentalité « geisha hérélienne » me traverse.

Je laisse Étienne enfiler ses défroques et parcours le couloir jusqu'à la
salle de restaurant après avoir soigneusement fermé la porte de ma
chambre.

En quelques minutes, l'atmosphère de notre enquête a changé. De
traqueurs nous sommes devenus traqués. La différence est énorme…

La salle est vide.

Une jeune femme, impassible, s'agite derrière un meuble chargé de
vaisselle.

Quelques tables recouvertes de nappes vert pâle entourent une
cheminée, pour l'heure, éteinte. Un mur de briques roses contraste avec
des murs blancs décorés d'étranges tableaux en fleurs séchées. Ici et là, de
petits bouquets de violettes semblables à celui qui est dans ma chambre.
Quelques instants plus tard, nous sommes attablés face à face.

Étienne n'a pas beaucoup séché ses cheveux qui frisottent et mouillent
un vieux pull bleu. Il est pâle.

Étonnamment, je me sens poussé par une énergie nouvelle. Comme si ce coup de téléphone avait agi comme un défi.

La jeune femme impassible vient prendre notre commande. Nous sommes rapidement servis. Tout en mastiquant un énorme jambon beurre, je commence :

— Donc… Comme je le disais tout à l'heure, comment sait-il qu'il a été en partie découvert ?

Nous restons en silence. Nounours semble en hibernation.

Puis, il énonce faiblement :

— Peut-être qu'il est comme nous et qu'il a pensé au téléphone d'Adèle…

— Vous voulez dire qu'il a imaginé que le téléphone de ma femme risquait de le trahir ?

— Oui…, chuchote-t-il.

— Mais, comment pouvait-il savoir qu'elle était du genre à conserver ses SMS et à ne pas effacer son journal d'appels ? Et aussi que son appareil avait survécu à l'accident ?

— Je ne vois pas.

Étienne paraît perdu. Si ce coup de téléphone semble m'avoir fouetté, je crois qu'il a eu l'effet contraire sur Machin.

— Bon… Essayons de nous mettre à la place de l'assassin, dis-je.

— Ça m'est difficile…

Étienne bêle plus qu'il ne parle.

— C'est juste un problème d'imagination. Voyons… Je viens de tuer Adèle. Je lui ai téléphoné au moment de l'accident et j'ai plus ou moins compris qu'il se passait quelque chose de grave à l'autre bout du fil. Comment puis-je contrôler que je suis arrivé à mon but ?

— Par les journaux ?

— Oui ! Admettons. Le salaud vérifie le lendemain qu'à tel endroit sur telle route de Normandie a eu lieu un accident mortel. C'est très plausible. Il se dit que l'affaire est pliée et qu'il ne craint absolument rien. Qu'il a commis un crime parfait. Vous suivez, Étienne ?

— Oui…, susurre mon comparse.

— Ensuite… Je l'imagine content de lui. C'est peut-être là qu'il contacte encore ma femme et qu'il place ses deux messages à la con qui nous ont laissé une drôle d'impression. Vous vous le rappelez, Étienne ? Jusqu'au moment où, dans sa cervelle de meurtrier, il va penser qu'il existe des traces de lui dans le téléphone d'Adèle. Il peut tabler sur le fait qu'il a été détruit dans l'accident, mais comment en être sûr ? Il rumine et comprend quand ma sœur l'appelle sur ce même numéro. Ce jour-là, il devine qu'il a été débusqué.

Étienne me regarde avec admiration ; quant à moi, galvanisé par la tension nerveuse, je continue mes suppositions :

— Il sait que ce putain de téléphone n'a pas été détruit par l'accident et qu'il se peut que ma femme ait conservé ses messages et ses SMS… Et là, cet enfoiré perd les pédales. De toute façon, par Adèle, il connaissait probablement mes coordonnées. Qu'elle les lui ait données ou qu'il se soit servi tout seul par quatre investigations à deux sous dans les annuaires… Non ?

— Sûrement, souffle Étienne, qui continue à me regarder comme s'il était en train de se noyer et que je lui tendais un bâton.

— À partir de là, la crapule se dit que la police n'a pas mis son nez dans l'affaire, sinon, il l'aurait lu dans les journaux… Il a même pu s'en assurer par des manœuvres que nous ignorons, ça ne doit pas être trop difficile… Il ne connaît probablement pas votre présence. Du moins, au départ. Je doute qu'Adèle lui ait fait des confidences aussi poussées. Mais il se dit que j'ai le téléphone en ma possession. Que peut-être, il va me prendre l'envie de le consulter et que je risque de découvrir sa putain d'existence. Ça se tient, non, Étienne ?

— Oui, me répond Nounours dont le vocabulaire semble ne plus dépasser les compétences d'un enfant en bas âge.

— Alors, muni de mon adresse, il décide de m'espionner. Qui me dit qu'il n'a pas loué quelque chose dans l'immeuble en face le mien ? Une piaule d'étudiant… Il m'observe. Il voit que Charlotte et vous venez régulièrement. Il comprend suffisamment de choses pour s'inquiéter. Faut pas oublier qu'il a le cerveau déglingué.

Nounours hoche la tête. Il tient sa chope de bière comme on tiendrait un bol de tisane.

— Et un beau matin, c'est-à-dire hier, il voit ce petit monde partir en expédition. Entre-temps, il a dû se renseigner sur vous. Même s'il ne sait peut-être pas que vous sautiez ma femme…

Étienne tressaille avec une pudeur de pucelle effarouchée.

— Il est au courant qu'il existe un lien entre nous… Et là, il nous suit. Comment ? Je n'en sais rien. Pas en hélicoptère ou en soucoupe volante. Sûrement en voiture… Et il nous reluque comme un gros malade qu'il est. De toute façon, ce trajet que nous faisons… C'est celui qu'il a conseillé à Adèle, non ? Nous suivons les photos, non ? Dans ce cas, il a peut-être compris ce que nous étions en train de faire. Et il a peur.

— De quoi ? borborygme Machin.

— Mais qu'on le découvre !

— Il serait donc quelque part en Normandie et il se dit qu'à force de fouiller, on finira par le débusquer ?

La cervelle de Nounours sort de l'hébétude.

— Oui !

— Mais où et comment ? C'est absurde… J'ai comme l'intuition qu'il sera introuvable… Qu'est-ce qu'on a de lui ? Un numéro de téléphone… C'est mince pour traquer quelqu'un.

— Étienne, s'il a peur, il va se dévoiler. Et s'il a les jetons, c'est que, même sans savoir ni comment ni où, on le dénichera sur notre chemin…

— J'ai peur, dit Nounours. Il est peut-être là, dans cette salle, à nous regarder.

— Y'a personne, Étienne. Ne commencez pas à psychoter. Faut pas l'imaginer planqué derrière une table avec des jumelles ! Il est peut-être déjà à Caen, et sera demain devant l'église. Oui ! Je crois que c'est comme ça qu'il nous file. En se figurant que nous refaisons le même trajet.

— Qu'est-ce qu'on va faire ?

Machin est terrorisé.

— Ce qu'il a prévu que nous fassions : le pister, en suivant notre feuille de route. Nous allons finir par le croiser. Il panique… Eh… Étienne ! Il est seul ! On est deux, non ? Alors, pas d'affolement. On avance prudemment. Mais on avance. Et lui, il recule parce qu'il sait maintenant qu'on est à ses trousses d'enfoiré. Et il va comprendre sa douleur.

Je suis galvanisé.

7 – Sur les planches, la même scie

Je propose à Étienne de sortir nous aérer au bord de l'océan. Une demi-heure plus tard, nous sommes sur les fameuses planches de Deauville. L'atmosphère est limpide. Sereine. De légers nuages, comme des filaments de gaze, s'étalent délicatement. Les cabanes, le bandeau de mosaïques en camaïeu de verts, les portes et les barrières de bois blancs donnent une perspective rassurante au paysage ainsi domestiqué. Nous nous sentons loin des derniers événements. Étienne respire largement, les bras doucement écartés du corps, face à l'océan. Les planches ont une tendre couleur argentée, travaillée par le sel. Je me perds un instant à contempler les reflets patinés du bois. Des noms de célébrités sur les barrières rappellent sans doute que nous sommes dans une des villes du cinéma. Nous arpentons la longue ligne qui fuit vers l'horizon. Le soleil est doux et agréable. Bientôt, nous foulons le sable de la plage. Les odeurs d'océan, les coquillages d'un gris laiteux, les algues asséchées en tas noirâtres me plongent dans mes vacances à Belle-Île.

Adèle court sur la grève avec une écharpe jaune moutarde : « Jaune or, Ger ! », elle enlève brutalement ses chaussures et se lance en riant vers les vagues pour tremper ses pieds dans l'eau froide, puis se retire comme si l'océan la poursuivait… Elle m'entoure de ses bras et m'embrasse si tendrement que les larmes me montent aux yeux. Elle ramasse des coquillages couteaux pour d'hypothétiques travaux décoratifs, je proteste devant ses projets, elle hennit.

— Ger… Sors un peu de ta routine d'anxieux ! Un coquillage, ce n'est pas seulement un animal mort sur une plage… Imagine-le autrement, ne prends en compte que les couleurs de sa coquille… Brun, ocre, crème…

— On peut toujours en faire un cendrier comme Zézette avec les huîtres, non ?

Nous avons regardé pour la trente-sixième fois *Le père Noël est une ordure* avant notre séjour.

Adèle hennit de plaisir et dessine un cœur sur le sable mouillé. Je n'arrive même pas à la trouver gnangnan. Elle me subjugue. Mon amour, qui va me faire rire, maintenant ? J'étais heureux et je ne le savais pas assez...

Étienne m'arrache à ma rêverie doucement morose. Il me propose de téléphoner à Charlotte. Je l'entends expliquer le coup de fil de l'assassin, nos inquiétudes et les décisions prises. Je lui fais signe que je ne veux pas prendre part à la conversation. Les nuages s'entassent au-dessus de l'énorme casino. Gris plombé. Le vent se fait moins doux. L'atmosphère moins sereine. Il va être temps de rentrer.

— Au revoir, Charlotte, à très bientôt ! (Étienne se tourne vers moi pour me faire le compte rendu) Votre sœur pense comme vous... Qu'il nous faut tracer sur l'itinéraire des photos et qu'il a peur d'être débusqué. Elle voulait vous parler, je lui ai dit que vous étiez trop loin sur la plage...

— Merci... (J'apprécie ce type. Discret, somme toute efficace, même s'il me semble un brin timoré. Et compréhensif) Vous avez des frères et sœurs, Étienne ?

— Non ! Je suis enfant unique. Mon père et ma mère m'ont eu sur le tard... Ils se sont rencontrés alors qu'ils ne croyaient déjà plus qu'ils allaient se marier et fonder une famille ! Je suis presque un miracle, pour eux...

Nounours a une espèce de sourire d'extase en évoquant ses parents. J'imagine en exagérant deux vieillards avec des cannes, encadrant un poupon joufflu en duffle-coat bleu layette.

— Et vous, Germain ? demande Nounours timidement.

— Nous sommes quatre. En plus de Charlotte, qui est la dernière, j'ai deux frères. Vincent et Georges. Je suis le deuxième. Nos parents sont profs. J'ai suivi leur exemple. Mais les autres ont eu des chemins différents. Vincent est géomètre. Georges travaille dans une boîte informatique et Charlotte... Vous savez. Mes parents vivent en province, dans un endroit perdu de Sologne. Ils sont très actifs, appartiennent à plein d'associations, ma mère est maire de son village. Charlotte tient énormément d'elle ! Ils appréciaient beaucoup Adèle…

Me voilà dans les confidences. L'amant de ma femme est en train de devenir un pote. Allons-nous rester inséparables après cette virée ?

— Mes parents ont un petit commerce dans le XXe arrondissement. Une mercerie qui vend aussi du tissu, de la laine, et même quelques vêtements. Ça s'appelle « Aux doigts d'or »…

Étienne m'attendrirait presque avec l'évocation de la boutique familiale. Je dois être sérieusement entamé par les émotions diverses qui m'habitent depuis quelque temps. Nous rentrons à l'hôtel sous un doux crachin qui se transforme vite en pluie.

Dans la salle à manger, un feu a été allumé dans la cheminée. Nous prenons place à une table nappée de vert. Nous commandons une soupe de courgettes au fromage. Je me sens légèrement absent, comme si j'étais entouré d'un cocon de gaze. Machin me regarde avec bienveillance et murmure :

— Adèle ne s'était pas trompée en me parlant de vous. Elle disait que vous étiez un type bien. Que vous étiez droit. Sans concession. Et… bien plus gentil que vous n'en aviez l'air.

— Je ne peux vous rendre la pareille, elle ne m'avait pas parlé de vous…

Je regrette presque aussitôt ma remarque piquante, et rajoute :

— Vous aussi, vous êtes un mec bien ! Étienne. Vous désirez arrondir les angles, non ?

Étienne rougit de plaisir avant d'approuver d'un signe de tête. Je continue :

— Ça ne vous a jamais dérangé d'être « le petit pas de côté » ? Vous n'auriez pas aimé avoir Adèle pour vous tout seul ?

— J'ai pris cette relation comme elle venait. Comme une chance fortuite d'être un peu apprécié par une femme exceptionnelle. Je savais depuis le départ que je ne pourrais jamais envisager autre chose. Alors, j'étais à la fois heureux et résigné. Je ne vous cacherai pas que j'en souffrais souvent…

Je regarde Nounours avec compassion. J'imagine ses attentes déçues, ses espoirs brimés et brisés.

Charlotte trouverait sans doute appréciable cette nouvelle faculté d'empathie qui m'habite. Mais je sens qu'il ne faut pas pousser le bouchon trop loin. Je ne vais pas plaindre l'amant de ma femme de n'avoir pas pu ou su la capter. Je suis peut-être plus « gentil que je n'en ai l'air », mais, chez moi, le cynisme n'est jamais hors de portée. Avec la puérilité en prime. Je ne dis rien néanmoins, malgré la réplique mordante qui me brûle les lèvres. Je crois que Machin a compris. Trois anges en file indienne passent, tandis que nous mangeons une assiette de charcuteries. Nous terminons, par un douillon aux pommes, Normandie oblige. Et je reprends, pendant qu'Étienne attend une tisane.

— Demain, Caen. Soyons vigilants. Il se peut que Flaubert y soit aussi.

— Mais, comment le reconnaître ? bafouille Nounours.

— Jusque-là, on a navigué à vue. On ne peut rien faire d'autre que continuer. Il finira par se dévoiler, vous verrez. Il panique. À moins que ce soit autre chose qui l'anime. Mais là, j'avoue que je sèche à me mettre à la place de ce tordu. De la vanité ? Un trop-plein de triomphe ?

Étienne me regarde avec les yeux ronds de celui qui ne capte rien à rien. Il plonge son nez dans la tisane qu'on vient de lui servir avant de répondre :

— Je ne comprends pas ce qui le motive. Ni cet acharnement, ni… rien. Adèle était si adorable…

— On y arrivera, mon vieux. Il nous faut nous accrocher. Pour Adèle, justement. Si on ne lâche pas le morceau, il va se passer quelque chose. C'est logique…

Quelque temps et un bol de tisane plus tard, nous nous séparons devant nos chambres respectives après les politesses d'usages.

Je tente de lire un peu, mais le cœur n'y est pas. Je prends le téléphone d'Adèle qui était resté dans mon sac de voyage. Je veux me repaître du selfie de l'écran d'accueil. Un message a été posté. Je comprends déjà qui en est l'émetteur.

Je tremble en l'ouvrant.

— « À moins d'être un crétin, on meurt toujours dans l'incertitude de sa propre valeur et de celle de ses œuvres ». 17 h 54.[11]

Je suffoque. De colère, de terreur. Fiévreusement, je pianote sur le clavier :

— Qui êtes-vous, salopard ?

Le téléphone reste muet, comme si cet écran vide me distillait un mépris profond. Je continue, presque hystérique :

— Réponds-moi, espèce de merde ! Montre-toi !

Rien.

J'envoie encore quelques SMS désespérés.

En vain.

Je pleure de rage. J'ai envie de détruire l'appareil. Ce qui me retient, c'est qu'il est notre seul lien avec cette ordure. J'ai envie de réveiller Étienne, mais j'ai bêtement peur de le sortir d'un sommeil que je suppose paisible.

Plus tard, beaucoup plus tard, je finirai par m'endormir un peu et par faire des rêves alambiqués où je ferraillerai sans succès de vagues menaces abstraites. Inutile d'être Freud pour les interpréter. Je me réveille moulu, anxieux, au petit matin. Dehors, le crachin ride la mare minuscule. Je suis désemparé. J'appelle Charlotte. Je sais qu'elle se lève tôt pour « organiser sa maison ».

— Charlotte ! Il s'est encore manifesté… Il a envoyé hier après-midi, un SMS. Je l'ai découvert hier soir, avant de me coucher. Comme on était allé s'aérer, je n'ai pas cru bon de le prendre…

Je suis confus, mais Charlotte comprend.

— Tu avais laissé le téléphone d'Adèle à l'hôtel ? Oui ! Je vois. Qu'est-ce qu'il a écrit ?

— Une citation de merde… Je te la lis : « À moins d'être un crétin, on meurt toujours dans l'incertitude de sa propre valeur et de celle de ses œuvres »…

— Toujours aussi abscons… Il vous met la pression. C'est bon signe.

— Je ne sais pas que penser. Qu'est-ce qu'il veut ?

---

[11] Flaubert. Juillet 1851.

— Plus j'y réfléchis et plus je crois qu'il ne supporte pas d'être dans l'ombre de son crime parfait. On voit cela souvent chez certains tueurs. Une envie de se dévoiler. Sans être capable de le faire carrément. Une forme d'orgueil pathologique. C'est un dingue, Germain… Charlotte murmure, autant qu'elle puisse le faire pour ne pas réveiller sa maisonnée.

— On ne peut pas vraiment comprendre sa logique… Mais ce qui est intéressant, c'est qu'il réagit. Et s'il réagit, on va le dénicher. Il va se trahir.

— Tu crois qu'il nous suit ?

— Pas forcément. Avec le téléphone d'Adèle, il n'en a pas besoin. Il lui suffit de communiquer de temps à autre. Ne t'inquiète pas, Germain. À mon avis, il ne tentera rien, du moins physiquement. C'est un lâche. Depuis le début, il se cache. Il n'affronte rien. Il manigance.

Les paroles de Charlotte me font du bien. Je me sens plus calme. Je suis à nouveau capable de réfléchir et d'envisager cette journée sans trop d'angoisses.

— Merci, Charlotte. Je crois que tu as raison.

— Tu vas bien, Germain ?

Charlotte doit s'étonner que je l'approuve avec autant de facilité.

— Aussi bien que possible, étant donné les circonstances. Je vais aller déjeuner.

— Garde le téléphone d'Adèle avec toi. Comme ça, tu seras informé en direct. Et puis, Étienne sera avec toi, et tu pourras en discuter avec lui au lieu d'être seul à gamberger. De toute façon, je viens demain. On ne sera pas trop de trois. J'ai hâte. J'ai dit un peu de la vérité à Gilles, sinon il n'aurait pas compris… Allez, Germain ! Courage. Et tenez-moi au courant aujourd'hui…

Je vais dans la salle de bains. Désormais, le téléphone d'Adèle me suit dans la poche du pantalon que j'enfile après une douche brûlante. Je me rase. Le miroir me renvoie la même tête longue, peut-être un peu plus pâle, aux pommettes marquées et aux yeux marron vert. Adèle disait que j'avais « une gueule de baroudeur, greffée sur un cerveau sédentaire. » Elle disait aussi qu'elle n'avait jamais vu quelqu'un si peu soucieux de son apparence. Presque « inconscient de son allure ».

Je n'ai jamais vraiment compris ce qu'elle entendait par là. En tout cas, seuls les miroirs me renvoient quelque chose de moi, maintenant, et c'est vrai que je me moque complètement de ce à quoi je ressemble. Charlotte me trouve nombriliste. Toujours prêt à couper les cheveux en quatre et à se perdre dans les méandres « d'introspections aussi vaines que poussées ». Il me semble pourtant que je ne m'aime pas beaucoup et que je m'analyse sans complaisance. En tout cas, une unique chose m'importe maintenant, c'est de trouver l'ordure qui a tué ma femme.

Je me dirige vers la salle à manger. Étienne et moi nous y sommes donnés rendez-vous vers huit heures.

Nounours est déjà là. Debout, devant le buffet. Il se compose avec beaucoup de soin un petit déjeuner conséquent. Nous nous saluons aimablement avant de prendre place face à face.

Je raconte le SMS de Flaubert et le coup de fil à Charlotte. Il me fixe avec attention. Son regard s'émeut :

— J'avoue ne pas être rassuré, mais, vous avez raison, nous devons continuer, sinon, à quoi bon tout ce que nous avions entrepris jusqu'ici…

— Il s'affole… Il va se trahir.

J'émiette plus que je n'avale un croissant brun doré. Je n'ai pas faim. Même apaisé par Charlotte, je me sens nerveux, moi aussi. J'ajoute que nous allons partir pour Caen. Je rappelle que l'itinéraire tente de se rapprocher au plus près du trajet d'Adèle. Nous avons identifié dans les photos une vue de Gonneville sur mer, plus précisément du château de Beuzeval. La vaste bâtisse de briques rouges nous a permis de déduire que le parcours suivi par ma femme et probablement recommandé par Flaubert est la D27.

Après avoir salué le patron et réglé notre note, nous reprenons la route…

8 – Le Coréen était au bistrot

Le trajet sera court. À peine une heure. Il pleut, mais l'atmosphère reste lumineuse. Nous traversons un paysage de bocage. Plutôt apaisant avec des arbres isolés, chez lesquels on sent très proche l'éclosion des feuilles. Certains semblent même déjà entourés du brouillard vert tendre des bourgeons. Étienne est à nouveau blotti contre la portière. Il a posé son duffle-coat étalé sur lui comme une couverture. La route serpente très mollement entre des haies et des prairies. J'ai mis la radio et j'entends des informations que je trouve désespérantes. Nounours sommeille apparemment. J'ai posé le téléphone d'Adèle sur le tableau de bord. Il agit sur moi comme une menace latente.

— Reposant ce paysage, non ? chuchote Machin, qui ne dort pas finalement.

— Il n'y a guère que lui qui l'est ! dis-je en jetant un œil sur le petit appareil de ma femme. Je crois que nous approchons de Caen…

La ville se manifeste comme des grumeaux de plus en plus denses dans la campagne, îlots urbains aussi laids qu'impersonnels. Des enseignes connues, des entreprises, des ZAC ou des ZI, des restaurants routiers annoncent la vieille cité normande. Un univers cent fois vu de hangars grisâtres, de zones commerciales et de parkings. Bientôt, de larges avenues bordées d'immeubles nous amènent insensiblement vers le centre. D'un commun accord, nous décidons d'aller boire un café, Étienne ajoute que c'est son tour de l'offrir. Je mets la voiture dans un parking souterrain, au pied du château ducal, nous arpenterons la ville à pied. Sur l'Avenue de la Libération, nous entrons dans un troquet classique. Boiseries, vieilles affiches, glaces entourées de cadres chantournés. Des étudiants en grappes nombreuses discutent ou travaillent autour d'un crème. Il reste une table libre entre deux banquettes, dans le fond de l'établissement.

Un brouhaha sympathique apporte une atmosphère à la fois insouciante et studieuse. L'odeur du café domine la salle. Très vite, un serveur compassé prend notre commande. Étienne a imprimé le plan de la ville et me le tend en disant que nous ne sommes pas très loin de l'église Saint-Étienne, qui fut un des lieux de prédilection de Gustave Flaubert.

Sommes-nous épiés ? J'observe la salle et ne vois rien, a priori, d'étrange dans le comportement de mes congénères attablés. Près de nous, un Asiatique d'âge moyen lit avec beaucoup d'attention *Bouvard et Pécuchet*. Je me fige instantanément. Nounours suit mon regard et découvre lui aussi la scène. Il tressaille. Est-ce un signe ? Un indice ? L'homme sourit. Il lève la tête et croise nos regards tendus. Ses yeux ont une dureté métallique dans l'expression. Est-ce Lui ? D'une voix légèrement tremblante, je lui demande s'il apprécie cet auteur.

— Vous êtes étonné qu'un Coréen se passionne de si près pour votre littérature ? Le ton est méfiant. Pas vraiment agressif, mais nerveux.

— Non… Mais mon… camarade et moi nous intéressons à Gustave Flaubert et nous sommes venus à Caen dans une sorte de promenade littéraire…

— Comme moi, alors…, dit l'homme un peu sec. Je suppose que vous allez visiter l'église Saint-Étienne ? « Superbe bâtiment roman, le cintre des premières galeries est très large, jolis chapiteaux des colonnes de la nef » comme disait Gustave.

Notre interlocuteur nous regarde avec attention.

— Oui…

C'est Machin qui répond d'une voix mourante.

— C'est incontournable… Tout flaubertien qui se respecte (et le Coréen nous montre son livre comme preuve) se doit d'aller sur les traces du Maître.

Le ton est un rien ostentatoire. Pas de trace d'accent étranger dans sa voix.

— Ce roman-là, et vous devez être au courant puisque vous êtes aussi en pèlerinage, comme moi, est le roman calvadosien par excellence. Bouvard et Pécuchet se retrouvaient souvent à Caen.

— Sans doute… Je ne sais plus ce que je dis. Et vous faites visiter la région ?

L'homme éclate d'un rire plus proche du couinement que de la franche rigolade et nous regarde à nouveau avec attention.

— J'ai une tête de guide touristique ?

— Pas vraiment…

Je suis proche de la transe hystérique. Cet homme est peut-être l'assassin d'Adèle et il est venu nous provoquer dans ce bistrot. Comment est-il arrivé ici comme s'il nous y attendait ? Machin est tétanisé et mérite pleinement le surnom que ma femme lui a donné. Je me lance, avec l'énergie des désespérés, ceux qui n'ont rien à perdre. Et puis, que peut-il faire à 11 heures du matin, devant une foule d'étudiants ? Sortir un pistolet et nous descendre, Étienne et moi ?

— Je suis professeur d'université…

— Et vous êtes donc en vacances…

Ma voix vibre de trémolos détestables, mais je ne peux rien faire pour l'apaiser et lui redonner un vibrato calme et pondéré.

— Forcément, reprend l'homme en me regardant attentivement. Je ne vois pas comment visiter la Normandie depuis Séoul.

— Mais vous pouvez prendre des pauses, comme ça, en cours d'année scolaire ?

L'homme m'observe avec un visage minéral. Je suis glacé. En même temps, je voudrais être beaucoup plus maître de moi, mais comment jouer le désinvolte quand je suis peut-être devant l'assassin de ma femme ?

— Je vois que ma vie vous intéresse particulièrement, et j'en suis très flatté. Sachez que nous avons deux semestres de cours et que nous sommes actuellement entre les deux. Ce sont, ce qu'on pourrait appeler des vacances. Oui… Et je me suis donné la liberté de les prendre, sans votre permission, bien entendu. Et je me suis arrêté dans ce bar, qui, de prime abord, m'a semblé tranquille, pour lire mon auteur préféré. Toujours sans votre accord. Et voilà qu'à côté de moi, se sont assis deux hurluberlus qui me posent des questions farfelues, me prennent pour un guide touristique et me tourmentent par leur curiosité déplacée. Je n'aime que le calme, la solitude, et le contact avec mes congénères me rend souvent nerveux, voire hargneux. Y a-t-il autre chose que vous aimeriez savoir avant que je ne m'en aille ?

Étienne retient son souffle. Sa bouche est à demi ouverte. Le duffle-coat bâille désespérément. Le Coréen rassemble ses affaires : un petit sac noir, son livre, et un mince porte-documents de cuir. Il semble animé d'une rage froide. Son regard se pose sur nous avec un mépris évident, comme si nous étions deux misérables insectes qu'il était prêt à écraser. Je suis quasiment sûr qu'il a quelque chose à voir avec notre entreprise. Je crois que nous l'avons démasqué et qu'il va nous filer entre les doigts si nous ne faisons rien. Un filet de sueur dégouline le long de ma colonne vertébrale. J'ai froid, j'ai chaud, je me lance :

— Vous êtes Flaubert !

Je crie plus que je ne parle, quelques tablées se retournent pour me regarder.

— Vous me faites beaucoup d'honneur, répond l'homme, mais, au cas où vous n'en auriez pas été averti, Flaubert est mort en 1880, à Canteleu.

— Vous me comprenez parfaitement !

Je hurle ou j'aboie, je me sens proche de l'évanouissement.

— Justement non ! Je ne vous comprends pas. Ou plutôt, je comprends que je suis tombé sur deux fous, dont l'un est hébété et l'autre complètement enragé. Je me trompe ? Pour votre gouverne, je m'appelle BonHwa Bak, je suis professeur de français à l'université de Séoul, spécialiste de Flaubert, mais je ne suis en aucun cas la réincarnation du grand écrivain. Je n'ai pas 146 ans et vous devriez vous faire soigner rapidement.

— Vous n'avez jamais été en contact avec ma femme, Adèle Hérelier ?

— Et un mari jaloux en prime…

Le Coréen soupire, pose sa monnaie et se prépare à partir. Il me regarde, un instant apitoyé.

— Consultez vite un psychiatre. Et ce n'est pas votre ami qui pourra vous aider, il est lui-même apparemment dans un état complet de sidération. Je ne connais pas votre femme. Je suis célibataire, désireux de le rester. Tout ce qui me distrait des études m'ennuie ou même m'accable. Et ce n'est pas vous qui allez me faire changer d'avis. Évitez de croiser mon chemin, désormais. Si les hasards de votre ballade littéraire mettent vos pas dans les miens, je n'hésiterai pas à employer la manière forte pour vous dissuader de continuer.

— Vous me menacez ?

— De prévenir la police ou un quelconque service assimilé, oui ! Maintenant, je pars. N'oubliez pas ce que je viens de vous dire. Je ne vous salue pas.

Étienne et moi restons en silence à nous regarder. Il me semble que nous nous enlisons dans cet état de stupéfaction avancée pendant de longues minutes. Enfin, je sens un fou rire irrépressible monter en moi. Je hoquette, je pleure. Machin m'observe un moment sans réagir, puis, se met, lui aussi, à rire à en perdre le souffle, penché sur la table.

— Quand je pense… dis-je avant de m'écrouler à mon tour sur la banquette.

— Que vous… lui… avez demandé s'il était Flaubert… (Étienne a un rire grêle comme une sonnette) Il doit réellement nous prendre pour des fous !

— Parfois… Je m'interroge si on n'est pas en train de le devenir…

Et mon hilarité incoercible repart de plus belle. En même temps, elle me libère des instants de tension que nous venons de vivre. Étienne s'est arrêté et me regarde à nouveau sérieux :

— Et s'il nous avait menti ? Et s'il était vraiment Flaubert ? Qu'est-ce qui nous pousse à le croire ? Si sa présence avait été un avertissement ?

— Non… Là, Étienne, je pense que vous pédalez dans la choucroute…

— N'empêche… J'ai un doute.

— Vous vous rappelez son nom de famille ?

— Un truc comme… Bac… Enfin, je ne sais comment l'orthographier, bien sûr…

Je pianote sur mon téléphone. J'entre au hasard : Professeur Bac, spécialiste de Flaubert, Séoul.

Le moteur de recherches me propose Bak. Je clique. La photo et le pedigree de notre interlocuteur apparaissent, confirmant ses dires.

BonHwa Bak. Né en 1957. Éminent spécialiste de Flaubert, directeur de la section de français de l'université de Séoul. Il a écrit deux ouvrages déterminants sur l'auteur : *Comprendre et aimer Flaubert* en 2003 et *Madame Bovary, c'est moi* en 2007, tous rédigés en français.

Voilà… On s'est plantés en beauté et, en plus, on ne s'est pas fait un ami !

— Dire qu'il ne veut pas nous revoir… Ça ne va pas nous faciliter les visites !

— Y'a pas de raison qu'il les fasse dans le même sens que nous, avec le même programme ! En tout cas, si on ne veut pas avoir à s'expliquer dans un quelconque commissariat, il nous faut faire attention !

Je me remets à rire avant d'ajouter :

— Si on ne veut pas… se retrouver dans un hôpital psychiatrique !

Étienne repart dans son fou rire en forme de grelot. Je commande un autre café. J'en profite pour téléphoner à Charlotte. Elle aussi se met à glousser devant notre méprise :

— Il est temps que j'arrive, Ger, vous m'avez l'air complètement azimutés !

Après un moment de silence, elle ajoute néanmoins :

— Et s'il était malgré tout Flaubert ?

— Mais… On a trouvé tout son curriculum vitæ sur Internet. Il est réellement professeur d'université à Séoul, spécialiste de Flaubert…

— Et alors ? L'un n'empêche pas l'autre… Tu ne vas pas me faire croire que tu ne peux pas imaginer un professeur d'université en tueur !

— Charlotte… Réfléchis… Il est en vacances. Il aurait tout manigancé depuis la Corée ? Dans quel but ? Il ne connaissait pas Adèle et il n'y avait aucune raison pour qu'il ait été en contact avec elle auparavant. Je visualise plus ou moins sa bibliothèque, et pas un seul bouquin de ce type ne figure chez moi. Je serai prêt à le parier. Jamais elle ne m'avait parlé de lui en tant que spécialiste de Flaubert. Et ça, elle l'aurait fait, parce qu'elle me mettait au courant de toutes ses découvertes littéraires.

— Oui… Tu as sûrement raison. Et je me rends compte qu'il me suffit d'être au téléphone avec vous pour être gagnée par la dinguerie de cette affaire ! Je crois que c'est le fait de chercher un inconnu, qui nous suit, mais dont on n'a pas la moindre idée de ce à quoi il ressemble. C'est peut-être même une femme, va savoir… Il peut être n'importe qui… Le balayeur de feuilles au coin du parc municipal, la boulangère à qui vous allez acheter un croissant, le motard qui suit ta voiture, un étudiant congolais, une…

— Ou un Thaïlandais, un Finnois, un Inuit… Je recommence à avoir le fou rire. Arrête Charlotte. Tu verses dans la paranoïa ! Il nous faut rester dans la fourchette des possibles ! C'est un homme, qui sait que nous sommes ici et qui a une connaissance plutôt étendue en citations flaubertiennes.

— D'accord ! Mais ça, ce n'est pas écrit sur sa figure ! Charlotte s'esclaffe encore puis ajoute de ne pas oublier d'aller la chercher demain à la gare de Caen à 10 h 09.

Je ferme le téléphone après les salutations d'usage. Étienne a fini son café et feuillette un journal local abandonné sur la banquette.

Nous payons et quittons l'établissement. Nous décidons d'aller visiter l'église Saint-Étienne.

9 – Saint Étienne, priez pour nous

Une longue rue nous emmène assez rapidement place Monseigneur-des-Hameaux. De belles maisons en pierres blanches, des toits d'ardoises apportent rigueur, élégance et beaucoup de luminosité malgré le temps humide et pluvieux. Le portail est grandiose. Nounours, gagné sans doute par la majesté du lieu, se drape dans son duffle-coat. La façade est claire, on aperçoit, sur le côté des arcs-boutants trapus, des fenêtres romanes. Deux clochers symétriques surmontent le portail d'entrée. Ils pointent, rehaussés par des clochetons gothiques qui étirent les deux imposantes silhouettes vers les nuages laiteux.

À l'intérieur, l'atmosphère est paisible. L'ombre et la lumière jouent avec les vitraux blancs et la pierre claire, les piliers et les arcatures internes. Je jette un regard rapide autour de moi. Pas de Coréen. Pas de silhouette suspecte qui serait en train de nous suivre. Nous nous dirigeons vers la tombe de Guillaume le Conquérant. Quelques visiteurs y sont déjà, certains prennent des photographies.

Un guide-conférencier s'agite avec emphase devant un groupe de touristes du troisième âge qui l'écoute avec application.

Je tends l'oreille :

— Pour Orderic Vital, un moine présent pendant la cérémonie, les funérailles de Guillaume ont été assez compliquées. À la fin de sa vie, le duc de Normandie était pratiquement obèse, et son corps ne parvenait pas à rentrer dans le cercueil. Pendant qu'on descendait le cadavre dans la bière, et qu'on s'efforçait de le plier, parce qu'elle se trouvait trop petite par la maladresse des ouvriers, le ventre, qui était énorme, explosa littéralement ! Mais ce n'est pas le seul événement qui perturba les funérailles du Conquérant. Un dénommé Ascelin refusa la mise en terre, car le terrain sur lequel l'abbaye avait été construite appartenait à son père.

Il disait ne pas avoir été rétribué pour cette mise en terre. Les moines ont donc dû payer pour pouvoir terminer la cérémonie !

Nounours et moi frissonnons. Le groupe grimace de dégoût devant tant de réalisme macabre. Nous apprenons encore que le cadavre, décidément encombrant, de Guillaume avait subi d'autres avanies et qu'il ne reste que quelques ossements sous la dalle dans un coffret de fer. Une vieille dame nous regarde avec méfiance. Je ne peux m'empêcher de la fixer à mon tour. Et si… ? Si Flaubert était une femme ? Nous n'avons aucune idée de son apparence… Juste une voix étouffée, peut-être déformée… J'essaie de rester calme et raisonnable. Étienne s'est éloigné vers une chapelle latérale et contemple avec intérêt un confessionnal en bois sombre. La femme continue à m'observer sans vergogne. Je sens l'anxiété me gagner tandis que ses deux yeux semblent fouiller en moi pour me percer à jour. Je deviens fou. D'abord un Coréen spécialiste de Flaubert et désormais une digne représentante d'un club quelconque du troisième âge en goguette me font paniquer. Je suis devenu une pauvre chose. Néanmoins, son comportement m'intrigue. Je vois son groupe s'agglutiner autour du guide qui discourt maintenant à propos de l'autel, mais elle ne les suit pas. Elle s'approche de moi en trottinant. Tout bas, elle m'interpelle avec une certaine férocité :

— Vous n'avez pas honte ? Nous sommes dans une église…

Sa voix est légèrement cassée.

Je frémis.

— Honte ? Mais de quoi ?

Machinalement, je vérifie que ma braguette est fermée.

— Mais… D'exposer votre perversion…

Elle a l'air furieuse.

Je ne comprends rien. J'ai l'impression de perdre le peu de lucidité qui me reste. La peur augmente sensiblement mon agressivité.

— De quelle perversion parlez-vous ? Et d'abord, je vous ai sonné ? Je vous ai réclamé quelque chose ? Je vous demande si vous avez un mouchoir pour enlever vos crottes de nez ?

Ma voix chevrote.

La vieille femme sursaute. Elle m'empoigne le bras et serre avec une force insoupçonnée étant donné sa dose de rides et d'arthrose.

— Vous promenez le vice dans un lieu saint… Sortez ! Et votre compagnon avec vous. Elle me montre d'un doigt déformé Étienne tiré de la contemplation du confessionnal qui se dirige vers nous.

— Vous êtes complètement dingue. La vieillesse, ça n'excuse pas tout… Rejoignez votre groupe et foutez-nous la paix. Occupez-vous de votre mari, si vous en avez un.

J'ai haussé la voix, Machin a l'air totalement éberlué. La vieille tord sa bouche de mépris et lance :

— Les gens comme vous, c'est contre nature !

Puis elle rejoint son groupe comme si elle avait le diable à ses fesses. Je visse mon doigt sur la tempe tandis qu'Étienne m'interroge du regard.

— Elle nous a pris pour des homos… Je crois que j'ai plus ou moins compris ça ! Et elle m'a demandé de vous emmener en dehors de ce saint lieu… Je suis saturé, Étienne. Je rêve de gens normaux. Mais peut-être que nous n'en faisons plus partie nous-mêmes ! La vieille folle m'a achevé.

Je lève doucement un doigt provocateur vers la gardienne de la vertu qui nous scrute à distance. Elle blêmit, parle dans l'oreille d'un petit monsieur propret qui se retourne offusqué, tandis que Machin et moi sortons de Saint-Étienne. Une légère averse a mouillé la chaussée. Les pavés brillent sous un timide rayon de soleil.

Adèle… Vers quoi m'as-tu entraîné ? Depuis que j'ai quitté Paris, avec ton amant, je précise, plus rien ne fonctionne raisonnablement. Si tu voulais me guérir de mon anxiété en me distillant des angoisses homéopathiques, c'est bon, mon trésor ! Tu peux arrêter. Pour aujourd'hui, j'ai ma dose. Ce ne sont pas cinq granules d'arnica ou de térébinthe que je viens d'avaler, mais c'est une perfusion de transes, de peurs et de tensions nerveuses. T'es contente, Adèle ? Je suis en train de grandir. C'est ça que tu voulais, non ? Machin me regarde avec inquiétude, je réalise que je marmonne à voix basse en gesticulant.

— Ce n'est rien, mon vieux ! Je règle des comptes avec ma femme. C'est permis, non ?

Étienne sourit bêtement et semble comprendre. Il me tapote gentiment le bras et me propose d'aller manger.

Après quelques minutes de marche silencieuse dans le vieux Caen, nous entrons dans une grande brasserie. Pas de troisième âge, pas de Coréen, la liste des fâcheux s'allonge. Si nous continuons à exaspérer tous les gens qui nous abordent ou que nous côtoyons, nous allons finir en parias paranoïaques.

Étienne commande un plat de poissons avec des frites. Je prends des moules à la crème. Une bonne bière plus tard, une jeune fille timide vêtue de noir nous sert notre repas. Machin déguste avec appétit. Je tente de sortir de l'espèce de morosité qui m'enveloppe :

— Étienne, ce n'est pas courant pour un homme de devenir nounou à domicile ! Qu'est-ce qui vous a poussé à faire ce métier ?

— J'apprécie beaucoup les enfants, répond Machin, et je n'ai pas beaucoup aimé l'école… J'ai souvent été pris en grippe par mes camarades. J'avais l'air trop… fragile, pas assez viril, sans doute ! Mais, avec les gamins, le courant est toujours bien passé. On se comprend ! J'ai sûrement été trop couvé par mes parents, en tout cas, je n'ai pas tous les codes pour m'insérer avec les adultes. C'est pour ça que quand Adèle a semblé me remarquer et a posé un regard bienveillant sur moi… J'ai été tout de suite conquis. Votre épouse était exceptionnelle de chaleur humaine et de tendresse.

— Je sais, Étienne, je sais…

Me voilà confident des états d'âme amoureux de l'amant de ma femme. Je progresse ou je m'enlise ?

— Non… Vous, vous êtes beau et brillant, à votre manière. C'était normal que cette femme soit amoureuse de vous. Mais moi… Je n'ai jamais eu de petite amie. Ni d'amis tout court. À part les gosses et leurs parents, je ne fréquente pas grand monde. Ce que je vis, là, avec vous, est très… inhabituel…

Étienne a les yeux brillants. Il a cessé de manger. Ses doigts tiennent une frite avec laquelle ils dessinent des cercles sur son assiette. Il me regarde craintivement. Le bougre serait presque en train de m'émouvoir.

Je crois que je m'enlise. J'attaque quelques moules, histoire de me contrôler, puis je reprends :

— J'avais rencontré Adèle chez des amis communs. On était tous les deux étudiants. J'étais… plutôt immature, et, d'ailleurs, ça ne m'a pas quitté ! C'est Charlotte qui le dit très bien ! Je ne voulais pas du tout tomber amoureux ni faire le moindre projet avec une fille. Mais à la fin de la soirée, j'étais déjà séduit, même si je refusais absolument de le reconnaître. On a échangé nos numéros de téléphone. Je me serais pendu plutôt que de faire le premier pas ! J'ai attendu, comme un idiot, qu'elle m'appelle. Heureusement, elle l'a fait assez vite… Mon Dieu… Quel gâchis !

— On va le retrouver, dit Nounours, on ne le laissera pas profiter de sa lâcheté. Mais… quand on y réfléchit, au fond… Il ne l'a pas vraiment tuée au sens judiciaire du terme… Il a juste utilisé un concours de circonstances. Non ?

— Oui. C'est terrible… Parce que, même si nous le débusquons, on ne pourra pas grand-chose pour le punir. Mais je crois que je me vengerai d'une manière ou d'une autre. Il l'a poussée à mourir. Il a sûrement entendu derrière son téléphone le bruit de l'accident. C'est un salaud. Et il m'est insupportable qu'il soit planqué quelque part à se réjouir.

Nous restons un moment en silence. J'imagine le choc, des cris, du sang. Je serre les poings. Étienne me regarde avec l'air navré. Puis il ajoute :

— Allez… Ne vous torturez pas. Nous devons garder toutes nos forces pour le traquer…

Je ne réponds pas. Je tente de sourire pour désamorcer la lourdeur de l'instant. Un moment plus tard, la timide vient s'enquérir d'éventuels desserts. Nous commandons des cafés. Étienne insiste pour payer.

Nous sortons. Le vent est frais. Les nuages, bas.

Nous arpentons une longue rue et passons devant l'église Saint-Sauveur. Des toits d'ardoises, des murs de pierres blanches, des arcatures gothiques élégantes même si je trouve l'ensemble un peu trop trapu. Étienne constate qu'elle ressemble à un bateau.

Tout est harmonieux, symétrique, dans des camaïeux de gris et de beige. Des arbres encore dénudés entourent la place sur laquelle elle est érigée, mais on sent que les fleurs sont prêtes à éclore. Des pommiers peut-être… Il y règne un ordre apaisant.

Machin a froid. Rue des Croisiers, nous repérons une librairie dans laquelle nous allons rentrer. Sa devanture annonce « Livres anciens et modernes ». La vitrine forme un capharnaüm sympathique d'ouvrages amoncelés en piles zigzagantes. La bâche rouge, qui protège et marque la boutique comme une enseigne, montre des signes évidents de fatigue. Elle gondole agréablement. À l'intérieur, Nounours et moi découvrons des montagnes de bouquins, des affiches anciennes, des cartes postales désuètes. Pendant un instant, j'oublie tout. Le Coréen, la vieille dame, notre quête insensée. L'odeur de vieux papiers est délicieuse. Le calme est doux et feutré. Je caresse un ouvrage sur lequel figurent des peintures botaniques de roses aux couleurs fanées. J'aime beaucoup ces livres-là. Adèle m'avait offert une belle reproduction de Jean-François Redouté qui est toujours au-dessus de mon bureau. Dans un coin, une pile colorée de fragiles papiers vitrail me rappelle les rosaces que je fabriquais avec, lorsque j'avais dix ans. Ma mère me donnait du carton que je découpais et sous lequel je collais les belles feuilles transparentes et enluminées. Mes frères moquaient cette occupation de « moine », et Charlotte mendiait régulièrement les chutes qu'elle froissait en petites boules chatoyantes… Dans la poche de mon pantalon, le vibreur du téléphone d'Adèle se met en action…

10 – Flaubert récidive

« "Rien de plus sot que la prétention du corps à la vie éternelle…"[12] Et rien de plus sot que de croire que vous me trouverez. Ce ne sont pas deux ratés qui peuvent me mettre en danger.

— Où êtes-vous, salopard ? »

Mes doigts pianotent avec rage.

— « Vous profitez impudemment de ma détresse, Monsieur. Je suis à plaindre, mais pas à vendre »[13]. Laissez-moi tranquille. Oui ! J'ai tué Adèle… Mais qu'y peut-on ? Vous m'ennuyez sérieusement.

— Qui êtes-vous ?

Je pose dix fois la question.

Mais le petit téléphone reste muet. Je suis en nage et j'ai froid. Je cherche Machin du regard, il feuillette un atlas. Je me rue vers lui et lui montre le bref échange que je viens d'avoir avec Flaubert. Il est pâle. Il se passe une main tremblante dans les cheveux et balbutie :

— Il a avoué… Non ?

— Et il nous menace… Encore.

— Il est là ? demande Nounours d'une petite voix.

Nous observons la salle avec circonspection.

Autour de nous, tout semble paisible… Les lecteurs potentiels virevoltent entre des piles, explorent les rayons en silence ou compulsent les ouvrages dans une sorte de recueillement. Le libraire est assis derrière sa caisse et discute à voix basse avec un client. La lumière rasante de fin d'après-midi entre encore par les vitrines et fait surgir des tourbillons de poussières dorées.

Comment est-ce possible ?

---

[12] Flaubert, *Hérodias*.
[13] Flaubert, *Madame Bovary*.

Il y a dans l'ombre un être abject qui s'amuse avec nous. Nous sommes des jouets chez lesquels il excite l'angoisse, avec ce que je pressens être de la délectation. Qui peut-il être ? Un sociopathe, sûrement. Un individu à l'ego démesuré. Qui s'essaie à nous anéantir moralement. Pourquoi un tel acharnement ? Sur Adèle, d'une part et sur nous ensuite ? Cherche-t-il à nous tuer aussi ? Il n'a eu aucun scrupule à l'éliminer… Alors, pourquoi hésiterait-il à se débarrasser de nous ?

Nous sortons. Nous retrouvons la voiture près du château ducal. Étienne me guide vers le Formule 1, dans une périphérie morne et laide. Nous sommes tendus et fatigués.

— Reposons-nous un moment, Étienne… Je vous propose ensuite d'aller manger un morceau pas trop loin. Je n'ai pas très faim. Et vous ?

— Pas vraiment, non, murmure Machin, plus chien battu que jamais.

— Ne nous laissons pas aller. Ce serait trop lui faire d'honneur. Et puis, demain, Charlotte sera là. Ça nous fera du bien. On a besoin de son côté général en chef. Vous ne croyez pas ?

Étienne sourit. Nous retirons nos codes, et les numéros de nos chambres qui sont dans le même couloir. J'entre dans la mienne, après avoir fixé rendez-vous à Nounours dans deux heures. Elle ressemble à une cabine de bateau. Ou à l'intérieur d'un conteneur. Adèle m'aurait sûrement demandé en hennissant si j'avais déjà passé la nuit dans un tel cadre pour m'offrir ce type de comparaisons. L'équipement est sommaire. J'ai l'impression que le mobilier est fixé au sol, comme dans une prison. Quelques minutes plus tard, je suis étendu sur le lit, avec un livre. J'ai emporté un polar de Laurent Chalumeau pour me changer les idées. « Kif ». Une histoire délicieuse et hilarante, entre un ancien CRS, des individus plus ou moins louches, un imam et une boîte de nuit. J'entre dans l'intrigue comme dans un bon bain chaud. Jusqu'au moment où sonne le téléphone du héros. Mon regard se fixe alors sur celui d'Adèle que j'ai posé sur une tablette près du lit. Il reste muet.

Et si je contactais « Flaubert » ? Et si j'essayais de le faire parler au lieu d'être agressif avec lui ? En aurais-je la force ? Je pose ma main sur le petit engin, puis la retire comme s'il brûlait.

Je fustige ma lâcheté, m'autoflagelle quelques secondes, le temps de trouver une certaine forme de courage, celui que l'on a habituellement lorsqu'on est au pied du mur, ou au bout d'un élastique avant de s'élancer dans le vide.

Je cherche brièvement son nom, je clique. Je respire.

11 – Folie, frites et Charlotte

« **F**laubert ? »

S'il était possible de pianoter timidement, c'est ce que je ferais. J'attends. Des minutes qui me semblent des gouffres jouent avec mon anxiété comme un virtuose sur un air de Paganini. Soudain…

— Oui ?

— Pourquoi ?

— « Il n'y a pas d'idée vraie dont l'idée contraire ne soit également vraie ».[14] Difficile de répondre à votre vaste question.

— Pourquoi elle ?

— Je l'aimais…

— On ne tue pas les gens que l'on aime, on les protège, on les entoure.

Je pianote fiévreusement.

Serions-nous en train de communiquer ?

— Nous n'aimons pas tous de la même manière. « La vie n'est posée nulle part. »[15] Il n'y a pas de règles, pas de lois en la matière. On aime comme on est. Comme on a appris ou pas. Et souvent, comme on s'aime soi-même.

Je renonce à écrire « foutaises » tant ses citations à la noix, probablement de Gustave, me débectent. Je veux comprendre et je sens que j'approche un peu de sa vérité.

— Je l'adorais, Flaubert, je ne voulais pas la perdre. Et elle m'aimait aussi.

— Mal… Et pour de mauvaises raisons. Vous l'aviez enfermée dans une petite vie sans envergure. Je lui proposais un autre destin, bien plus digne d'elle. Elle l'a refusé.

---

[14] Flaubert, *Notes de voyage*.
[15] Flaubert, *Notes de voyage*.

— Et c'est pour cela que vous l'avez tuée ?

— « La manière la plus profonde de sentir quelque chose est d'en souffrir. »[16] « Je pleurerai sa perte jusqu'à la fin de ma vie. C'est ainsi que j'ai choisi de vivre notre amour… »[17]

Ce type me glace. Je sens la folie qui l'habite, comme si tous les rêves ou les fantasmes que nous pouvions avoir se concrétisaient chez lui de manière tangible. Je reste sonné, assis sur mon lit, dans cette chambre conteneur.

— Germain ?

Il me relance…

— Oui…

— Ne cherchez pas à me connaître. Quant à vous venger… N'y pensez même pas… On ne tue pas les fantômes. Avec l'autre miteux qui vous accompagne, prenez vos cliques et vos claques et retournez d'où vous venez. Je suis mort avec Adèle. À quoi bon toutes vos simagrées ?

Je me fatigue à ne pas exploser de colère. Heureusement que nous sommes en train d'échanger des SMS, sinon, je lui aurais déjà hurlé tout mon mépris.

— Je veux vous voir. Je veux que vous me répétiez vos théories fumeuses face à face.

Un temps interminable passe. Flaubert écrit-il encore ? La fragile sonnerie d'un SMS répond à mes interrogations tourmentées :

— « Les gens légers, bornés, les esprits présomptueux et enthousiastes veulent en toute chose une conclusion ; ils cherchent le but de la vie et la dimension de l'infini. Ils prennent dans leur pauvre petite main une poignée de sable et ils disent à l'Océan : je vais compter les grains de tes rivages. Mais comme les grains leur coulent entre les doigts et que le calcul est long, ils trépignent et ils pleurent. Savez-vous ce qu'il faut faire sur la grève ? Il faut s'agenouiller ou se promener. Promenez-vous. »[18] Autrement dit, vous n'avez pas pris la pleine mesure de ce que je suis. Je

---

[16] Carnets de Flaubert.
[17] Carnets de Flaubert.
[18] Flaubert, *Correspondance, à Mademoiselle Leroyer de Chantepie.*

vous laisse. Vous et votre pauvre ami. Vivez, croyez en Dieu si ça vous chante ou pour vous consoler, accomplissez ce que vous croyez être une vie. Mais vous ne me connaîtrez pas. N'essayez plus de me contacter. Je n'aime pas discuter longtemps avec des insectes. Au mieux, je les écrase. Ou je leur arrache les ailes et je les regarde mourir…

— Des menaces ?

Le petit téléphone reste muet à nouveau. Je comprends qu'« Il » ne me répondra plus. Je m'allonge sur le lit, épuisé. J'ai posé l'engin sur la tablette. Je réalise, à la souffrance ressentie, que mes poings sont serrés si fort que j'éprouve un engourdissement douloureux dans chaque main. Je desserre mes doigts et fais jouer leurs muscles. Je ferme les yeux.

Tout cela n'a aucun sens. On rencontre parfois la mauvaise personne au mauvais moment et cela suffit à ce qu'une vie bascule dans le néant. C'est absurde. La raison n'a que peu de place dans notre destinée. Ma pauvre Adèle a croisé un dingue et elle est morte sur une départementale normande. Ça n'a pas plus de sens que ça. Il n'éprouve aucun remords et le meurtre, chez lui, rentre dans sa conception de la vie. Je revois ma femme dessiner un cœur sur la plage de Belle-Île. Je l'entends rire et m'interpeller. Elle porte une écharpe en laine rouge tricotée par Solène. Elle mâchouille son stylo pendant qu'elle prépare des cours. Elle resserre l'élastique de sa queue-de-cheval… Elle…

Des coups légers à ma porte me ramènent au Formule 1. Je me lève péniblement. Étienne est derrière, vaguement inquiet. Il me regarde en souriant :

— Ah… Vous avez dormi ! Je me faisais un peu de soucis, car vous n'étiez pas dans l'entrée, comme nous l'avions décidé…

— Il est quelle heure ?

— 20 heures passées… Je n'ai pas très faim, mais peut-être que cela nous ferait du bien de sortir grignoter ? Non ?

Nounours a l'air vaguement proplet, même si son duffle-coat est toujours en ruine. Ses cheveux sont humides, il a pris une douche, cela lui a sans doute mieux réussi que d'échanger des SMS avec un tueur sociopathe.

— Je me passe de l'eau sur le visage, j'enfile une veste et je suis prêt. Entrez, ne restez pas dans ce couloir sinistre.

Machin fait le pied de grue, l'air compassé, entre le lit et la chaise. Je m'agite, vaguement nauséeux.

Nous sortons. La nuit humide est trouée par les puissantes lampes de cette zone commerciale, dispensant une lumière rougeâtre. Le brouillard adoucit les angles de l'hôtel. À quelques pas de là, nous distinguons une grande enseigne de fast-food et décidons de la rejoindre à pied. On se faufile entre des allées désolées, des haies cachectiques, des parkings gais comme un coron sous la pluie. On traverse un boulevard désert, puis nous sommes happés dans la clarté diffusée par l'intérieur du restaurant, et l'odeur prégnante de frites. Les baies coulissent pour nous laisser passer. Quelques familles dînent dans les rires, les cris ou les pleurs. Un couple enlacé sur une banquette sirote un soda. Il y règne une fausse ambiance détendue, à coups de lampes posées sur les petites tables et de couleurs chaudes sur les murs. Quelques vues de la région décorent de grands panneaux et j'apprends, amusé, que l'enseigne est partie prenante dans la découverte touristique de la Normandie. Nous commandons des menus standards, et après une brève attente, emportons notre plateau vers une table un peu à l'écart du brouhaha des familles. Machin semble entretenir un rapport très sérieux avec la nourriture. Il ouvre précautionneusement ses cartons, les dispose suivant un ordre mystérieux, et les arrose de ketchup. On se croirait devant la copie azimutée d'une cérémonie du thé au Japon, avec Nounours en geisha. L'odeur de graillon me coupe toute velléité d'appétit. Avant de mordre dans le hamburger, je signale, faussement décontracté, à mon compagnon :

— J'ai communiqué avec Flaubert… Par SMS. C'est moi qui l'ai contacté. J'ai essayé de garder mon calme pour le faire parler…

Puis je plonge dans mon sandwich, onctueux de mayonnaise, dans une puérile posture de désinvolture.

Au fond, je ne change pas. Je reste immature…

— Quoi ?

Étienne abandonne ses frites et me regarde, hagard.

Je prends le temps d'avaler ma bouchée avant de répondre :

— Ce type est un vrai dingue. Ce n'est pas une métaphore… Le meurtre ne le dérange pas. Pour lui, c'est presque une manière d'aimer… C'est ce que j'ai cru comprendre…

— Il vous l'a écrit ?

— Plus ou moins, et plutôt plus que moins…

Je sors le téléphone d'Adèle que j'ai emporté à cet effet, je l'ouvre. Deux clics plus loin, je fais lire la conversation à Nounours qui en oublie son plateau.

— Mon Dieu ! C'est… sidérant… Mais, c'est complètement insensé…

— C'est le moins qu'on puisse dire, Étienne. En plus, je lui sens une fatuité pathologique… Un ego malade… Il se pense hors d'atteinte…

— Il l'est ? Non ? Étienne est pâle et désolé.

— J'ai plus que jamais envie de le débusquer… Parce que, sinon, la mort d'Adèle me semblera encore plus absurde. Je ne veux pas le laisser vautré dans son autosatisfaction de merde. Je veux qu'il me voie. Et je veux lui cracher à la gueule. D'une manière ou d'une autre…

Je suçote quelques frites sans conviction. Étienne, toujours ahuri, poursuit méthodiquement l'ingestion de son repas. Comme si ce rituel étrange pouvait le rassurer. Nous sommes là, tous les deux, en silence, dans un halo de lumière jaunâtre, au milieu de gens sans histoire. Nous sommes un îlot d'angoisse, la face sombre de l'univers de pacotille qui nous entoure.

— Vous croyez qu'il a pu rencontrer Adèle en personne ?

Étienne s'essuie compulsivement les mains sur une minuscule serviette de papier.

— Rien ne nous le prouve. Ni les SMS ni les photos… On peut avoir un gros doute… Quelque chose me dit que non. Qu'il ne l'a jamais approchée. Mais c'est plus du domaine de l'intuition que de faits objectifs. De toute façon, dans cette histoire, le comportement de cet homme échappe à la simple logique.

— Oui… Je suis comme vous. Je crois qu'il ne l'a jamais rencontrée. Il l'a fantasmée. Il l'a poursuivie et il l'a tuée… C'est horrible.

Dans ma poche, le téléphone vibre.

C'est Charlotte. Sa voix est vive, primesautière, à des miles et des miles de nos tristes pensées.

— Ça va, les garçons ? Vous êtes où ?

Je lui fais le résumé de la journée, un bref silence me permet de mesurer la profondeur de son désarroi.

— Alors là… Je suis sans voix… On en discutera demain. Tu n'as pas oublié mon heure d'arrivée ?

— Non… 10 h 09. Nous y serons.

— C'est un vrai malade… Il nous faut le trouver, Germain. Ce n'est pas possible de le laisser dans la nature. Il continuera à sévir en s'éprenant de femmes innocentes. Et il les flinguera parce qu'il ne veut ou ne peut les posséder comme il le désirerait. Vous n'avez pas l'intention d'abandonner ?

— Moins que jamais. Étienne a besoin de s'en remettre, mais nous sommes déterminés. Je t'assure.

— C'est bien, Germain… Tu as changé, on dirait. Tu peux me passer Étienne ?

Je devine plus que je n'entends ma sœur lancée dans une harangue à réveiller un mort. Étienne s'agite, essaie de placer un mot. Je lui fais un salut militaire et me mets à singer un garde-à-vous parodique. Il rougit. Enfin, ma sœur le délivre et le laisse balbutier un « au revoir » soulagé. Étienne me donne le téléphone, comme s'il brûlait. À mon tour de saluer Charlotte et de la rassurer sur ma ponctualité de demain.

— Elle est terrible, non ? Remettez-vous, Étienne, elle aboie, mais elle ne mord pas !

— Elle a raison ! C'est juste que je ne suis pas habitué à ce qu'on me parle ainsi !

— Je parie que votre mère s'adresse à vous toujours avec douceur !

— Plus encore que vous ne pouvez l'imaginer !

Étienne sourit en remettant sa guenille verdâtre.

Nous sortons, et refaisons en sens inverse le parcours chaotique dans cet univers dénaturé. Le brouillard s'est transformé en crachin.

Nous cherchons l'hôtel des yeux dans ce brouillon de ville, l'enseigne lumineuse s'étale sur toute la façade comme un phare dérisoire.

Peu de temps après, nous avons réintégré nos cabines. J'éteins le téléphone d'Adèle. J'ouvre « Kif ». Je cavale comme un désespéré pour que la fiction m'emporte loin. Et comme souvent, le miracle opère…

12 – Le troisième homme

Lorsque je me réveille le lendemain, je me rends compte que je me suis endormi sur mon livre et que la lampe est restée allumée toute la nuit. Fallait-il que je sois complètement laminé pour m'être laissé ainsi surprendre pendant ma lecture ! Je regarde l'heure… Tout va bien. Étienne et moi avons convenu hier d'attendre Charlotte pour le petit déjeuner. Je me dirige vers la salle de bains, quelques mètres plus loin dans le couloir. Puis je me rase dans la chambre, il y a un lavabo près de la petite fenêtre. C'est un de ces matins où je me vois sans complaisance, mais sans virulence non plus. Serais-je en train de m'accepter ? Ou mon cynisme est-il en train de s'éroder sous l'effet de la fatigue ? Parfois, je m'épuise moi-même avec mes perpétuelles interrogations. Je sens que ma sœur va remettre un peu d'ordre dans tout cela.

Charlotte… Nous avons toujours eu une relation particulière, entre moi, qui faisais semblant de la repousser, elle, qui paraissait avoir compris très tôt mes pitoyables manœuvres d'évitement et qui me suivait avec constance malgré les rebuffades. Je me rappelle notre adolescence, quand elle venait dans ma chambre me commenter avec passion le dernier morceau des Rita Mitsouko. Je la revois rayonnante, le jour de son mariage, à côté de Gilles, tellement heureux d'avoir réussi à la séduire. Une sacrée fille, qui n'hésitait pas à tenir tête aux parents en développant des discours structurés comme des laminoirs. Je crois l'apprécier autant qu'elle m'agace… Et je vois que je suis en train de prendre un foutu coup de vieux et de ramollissement cérébral pour m'attendrir ainsi sur ma sœur.

Encore un peu et je vais devenir gnangnan. Je vais patauger dans la guimauve, dire aux gens que je les aime, et m'apitoyer devant un chiot. Adèle… C'est ça que tu voulais avec cette histoire à la con ? Me transformer en toutou frétillant ?

Pendant que mes pensées tournent en rond sans grande efficacité, je me suis habillé, coiffé, rasé et plus ou moins autoflagellé, comme d'autres font des pompes pour s'entretenir les muscles. Nounours et moi nous retrouvons dans le hall de réception, à côté d'un distributeur de sodas et de barres chocolatées.

Un quart d'heure après, nous arrivons à la gare de Caen. Le temps de se placer pas très loin de l'entrée – Machin insiste pour mettre des pièces dans le parcmètre –, le train de Charlotte est annoncé. Quelques minutes plus tard, elle est devant nous, un léger bagage à la main. Je crois n'avoir été jamais aussi heureux de la voir. Elle nous embrasse. Nounours a l'air ému de cette accolade. Ma sœur est pimpante : un imperméable rouge, des escarpins élégants de cuir noir, et un chignon classieux avec quelques mèches déstructurées qui encadrent son visage rond. Nous décidons d'un petit déjeuner dans une vaste brasserie à quelques pas de là.

Nous nous assoyons sur des banquettes de moleskine orange fatiguée, autour d'une table noire et luisante. Des cloisons légères de bois délimitent symboliquement des espaces clos, comme dans un grand bureau ouvert. J'observe la salle. Des étudiants ou des lycéens discutent. Un solitaire compulse un journal local. Une autre semble remplir des grilles de mots croisés. Un couple boit en silence des cafés. La femme laisse, elle aussi, ses yeux errer sur les silhouettes qui habitent la brasserie. L'homme regarde le fond de sa tasse qui refroidit. Un fou rire traverse la salle. Un étudiant met une main devant sa bouche pour le réprimer. Ses camarades gloussent avec lui. Tout est paisible et semble normal…

— Alors ? dit Charlotte, tandis que le serveur nous apporte un substantiel petit déjeuner.

— Tu sais à peu près tout. Si nous devons faire la synthèse de nos « rencontres » avec Flaubert, elles se résument à une conversation dans laquelle il m'a menacé si nous continuions à le suivre, une citation foireuse pendant qu'on arpentait les planches de Deauville, un échange de SMS à la librairie, et la tentative de communication entre lui et moi hier soir. Il a avoué avoir tué Adèle, du moins avoir provoqué l'accident volontairement…

— Pourquoi ?

Charlotte a les joues rouges d'excitation. Nounours ne dit rien. Son regard va de ma sœur à moi, avec l'énergie d'une huître en pleine mer.

— Parce qu'il l'aimait, m'a-t-il écrit. Autrement dit, je t'aime, je te tue. Logique, non ?

— C'est évident que nous ne possédons pas la philosophie d'un criminel, reprend ma sœur. Nounours la regarde comme un pèlerin aperçoit la grotte de Lourdes après un voyage à pied éprouvant.

— Il se peut, et j'ai lu pas mal d'articles dessus depuis, qu'il soit dans une sorte de délire de toute puissance. Comme Adèle n'a pas voulu de lui, il a décidé de l'éliminer afin de rester maître de la situation, en quelque sorte.

Charlotte professe avec ardeur.

— J'ai ses aveux sur le téléphone. Et si on revenait au commissariat avec cette preuve ? Peut-être pourraient-ils relancer l'enquête ? Géolocaliser son mobile, faire des analyses plus poussées du…

— N'y compte pas, répond Charlotte, dans la mesure où il ne l'a pas tuée directement. On ne peut pas entamer un procès d'intention. De quoi l'inculperait-on, à supposer qu'on l'identifie et qu'on l'attrape ? De l'avoir incitée à l'imprudence ?

Je comprends. Et par là même, je sais aussi qu'il me faut aller jusqu'au bout.

— On s'est demandé, rajoute doucement Machin, s'il l'avait réellement rencontrée, ou si tout s'était passé au téléphone…

— Comme avec vous ! (Charlotte a les yeux qui brillent) Certainement, ce type est sûrement caché depuis toujours quelque part… À la limite, pas forcément en Normandie, après tout. Ce que je ne comprends pas, c'est pourquoi il a voulu rentrer en contact avec Adèle… Parce qu'au fond, tout a l'air prémédité. Il s'intéressait à elle, il l'a attirée dans le piège Flaubert, il s'est construit un personnage autour. On peut l'imaginer avec un dictionnaire de citations, comme il en existe plein sur Internet… Ce n'est pas ça, le problème. La question, c'est : qu'est-ce qui le relie à ta femme au départ ?

— Et n'oublions pas qu'il lui a envoyé des menaces, puis qu'il a pigé, on ne sait comment, qu'elle cherchait à organiser un voyage sur les traces de Gustave. Et là, il a vu l'opportunité de se venger progressivement. Étienne, avez-vous su si elle avait eu un autre amant en plus de vous ?

Je me tourne vers Machin qui me regarde avec ahurissement.

— Je ne crois pas… Je pourrais même en être sûr si je ne me sentais pas aussi peu confiant en moi-même…

— Que voulez-vous dire ?

Charlotte dévisage Nounours avec compassion.

— Qu'au fond, et malgré sa liberté d'esprit, Adèle était irrémédiablement fidèle à Germain… Que ce que j'étais, cette minuscule parenthèse, était tout ce qu'elle avait envie de s'autoriser… Alors… Imaginer qu'il ait pu y avoir un troisième homme ! Non… Et d'ailleurs, quand ?

Je suis ému… Par Étienne d'abord, et parce qu'il me fait toucher du doigt l'amour que me portait Adèle. J'ai envie de l'embrasser, de le consoler.

Mais je ne suis pas encore tombé assez bas dans la guimauve pour le faire…

— Elle avait un emploi du temps assez élastique, non ? reprend Charlotte, qui ne renonce pas facilement à une idée. Et tu n'étais pas de ces jaloux féroces qui exigent des justifications permanentes…

Ma sœur me regarde avec obstination.

— Non… Bien sûr. Et d'ailleurs, je n'avais aucun soupçon quant à Étienne…

— Alors, qu'est-ce qui nous dit qu'elle n'avait pas ouvert une autre parenthèse ?

Charlotte insiste, comme pour en épuiser l'idée.

— Elle me l'aurait avoué…, répond doucement Machin en rougissant.

Je sens la colère monter en moi comme la marée au mont Saint-Michel. J'arrive néanmoins à balbutier tandis que je crois éructer :

— Parce qu'à VOUS, elle faisait ce genre de confidence ?

Je m'étrangle d'indignation devant tant de naturel et de cruauté.

— Comprenez bien, Germain… J'étais son amant, pas son mari. J'avais déjà accepté qu'elle en ait un autre… Pas vous… Et la relation que vous aviez était au centre de quelques-unes de nos discussions…

— Ah ?

Je suis furieux au-delà de tout.

— Oui… Chaque fois que je lui proposais une escapade, une soirée au restaurant, elle refusait. Elle disait que vous n'étiez pas prêt à le comprendre, et qu'elle n'avait pas envie de vous mentir. Elle ne l'a fait qu'une fois… Quand nous sommes allés à Giverny pour un week-end. J'avais peut-être su la toucher en lui parlant de l'ingratitude de ma situation…

— Et qu'avait-elle invoqué ?

Je me sens mesquin en posant cette question, mais l'heure n'est pas à l'élégance et au fair-play.

— Un stage de formation pédagogique…

Je me rappelle précisément, en effet, que ma femme m'avait annoncé, en soupirant devant l'abus, qu'elle était convoquée à l'autre bout de Paris pour un vague module sur « Répondre à la violence » et qu'elle devait y aller parce qu'il lui semblait intéressant.

— Je m'en souviens… Je lui avais posé tout naturellement une série de questions sur cette formation. Et elle m'avait répondu à son retour avec un luxe de détails… Je crois même (et ma voix se perd dans un ricanement involontaire en disant cela) que je l'ai félicitée sur son écoute.

— Je ne voudrais pas être lourde, dit Charlotte, mais rien n'empêche qu'elle ait eu un troisième homme dans sa vie… Ou qu'un type soit tombé fou amoureux d'elle, malgré elle, et qu'il ait entamé sa terrible vengeance quand il a compris qu'elle ne ferait rien avec lui…

Il est tout à fait possible que Charlotte ait raison. Je dois être capable de l'entendre, et même d'en parler. Ce doit être cela, grandir… Ne plus laisser les affects me dominer. Ne plus m'entortiller dans des postures… Mais, merde ! Que c'est difficile !

— Vous avez sans doute raison tous les deux… Toi, Charlotte, d'imaginer un troisième homme et vous, Étienne, de suggérer que ce n'était pas possible. En combinant ces deux théories, on obtient un amoureux éconduit, un dingue, qui n'a pas supporté l'absence de réciprocité. Cela expliquerait aussi ses citations et ses allusions de merde au fait qu'il avait quelque chose de grandiose à lui proposer et qu'elle végétait dans une petite vie mesquine. Chaque fois qu'on a abordé cette question, j'avoue que je me suis emporté, mais là… il me faut y venir. Nous ne saurons jamais la nature de ses relations avec Flaubert, mais il a existé quelque chose entre les deux qui explique tout.

Charlotte me prend la main. Étienne me regarde avec une sorte de fascination. Je ne me sens pas pourtant particulièrement intelligent… Mais je voudrais de toutes mes forces débusquer Flaubert. Et je comprends qu'il me faut apprendre à raisonner autrement.

— Partons à Ry, dit Charlotte. Je règle l'addition. Nous y trouverons peut-être de nouveaux éléments…

13 – Le vieil homme et Flaubert

Dehors, malgré un petit crachin, il règne une atmosphère printanière…

À moins que je ne me mette à voir le monde différemment, maintenant que je suis pote avec l'amant de ma femme, que j'admets que ma sœur a parfois raison et que je me suis habitué à l'idée qu'Adèle collectionnait les types. À plus de quarante ans, je suis sorti d'une interminable adolescence et…

— Tu veux que je conduise ? (Charlotte tend la main pour s'emparer des clefs que je lui donne volontiers) Tu me serviras de copilote. En attendant, je prends la direction Rouen, non ?

— Oui.

Je m'assois à côté d'elle, Nounours s'installe sur la banquette arrière, enveloppé dans son duffle-coat. Il est blotti contre la portière et sourit béatement. J'ai l'impression que Charlotte et moi sommes ses parents et que nous venons de le faire sortir de pension pour les vacances.

— On s'arrêtera à Lisieux, dit Charlotte.

Elle se cale sur son siège qu'elle tente de régler à ses dimensions, pose ses mains soignées et potelées sur le volant, et démarre trop nerveusement à mon goût.

— Si l'on en croit le trajet esquissé par les photos, il te faudra prendre la N13. Après Lisieux, puis Brionne, tu continueras vers Elboeuf. Ensuite, on contournera Rouen pour atteindre Ry. Mais, on n'y est pas encore… Je te redirai tout au fur et à mesure.

Le crachin s'est arrêté et un timide soleil fait briller la route. Charlotte et moi échangeons quelques informations sur la famille. Notre mère s'est lancée dans un ambitieux projet d'habitats à énergie passive dans sa commune.

Un de mes neveux, un fils de Vincent, a dégotté une petite copine qui ne plaît pas à son père. Elle le « tirerait vers le bas ». Rémi, un des fils de Charlotte, serait « trop rêveur » d'après son institutrice.

— Le monde appartient à ceux qui rêvent… J'espère que tu ne t'inquiètes pas…

— Non ! Mais c'est vrai que Rémi est souvent dans les nuages. J'ai du mal parfois à le comprendre. Gilles me dit qu'il était comme ça…

J'imagine le quotidien de ma sœur, les enfants, un mari aimant qui rentre le soir, des problèmes de tous les jours, une vie remplie de ces tout petits riens qui font une existence. Je ne connais plus cette douce routine qui s'appelle quelquefois le bonheur. Vais-je retrouver un équilibre ? Serai-je encore capable de nouer une relation ? Me réhabituer à une femme qui m'emmènera dans un monde avec lequel je devrai composer ? Pour l'instant, je dois réapprendre à vivre. Sans Adèle. Je me sens complètement démuni. Je me moquais autrefois des clichés utilisés pour dépeindre l'état de deuil : « avoir l'impression d'être mutilé », « le cœur arraché, brisé »… C'est exactement ce que je ressens. Un vertige de vide qui me noie…

— Alors, j'ai répété à Georges qu'il fallait qu'il soit plus souple avec Maïtena. Elle a 15 ans et on ne peut plus la traiter comme une gamine… Figure-toi… Tu m'écoutes, Germain ?

— Non… Pas vraiment. Excuse-moi, Charlotte !

— Bon… Je n'en dis pas plus sur la famille, tu fatigues vite ! Je vais y aller à doses plus homéopathiques ! Tu es encore convalescent d'un rejet familial récurrent… C'est ton côté punk !

Je souris. Sans commenter. La campagne est normande en diable : bocage, vaches, prairies vertes, vaches, bocages, prairies… J'ai l'impression de voyager dans un chromo ancien de boîte de camembert. Étienne ronfle légèrement. Je me retourne, il dort. Il a posé ses lunettes et apparaît très jeune. Charlotte demande en chuchotant :

— Vous avez fait un peu connaissance ?

— Oui… Fils unique, adoré par des parents âgés, qui tiennent une mercerie… Peu ou pas d'études, une certaine aversion pour le système scolaire auquel il s'est mal adapté… Pas d'amis. Plutôt solitaire, sans que je sache absolument si c'est un vrai choix ou le résultat d'une difficulté à créer des relations… Adèle a été une sacrée ouverture. Il est sympathique, lucide sur lui-même et les autres, et, la plupart du temps, d'humeur égale.

Charlotte écoute avec attention.

— Vous avez discuté ?

— Oui… Et ne me dis pas que j'ai changé… Je me suis juste adapté aux circonstances. Je ne suis pas aussi buté que tu l'insinues…

Charlotte hausse les sourcils d'impuissance devant ma « bouffée de mauvaise foi ». Elle s'est contentée de s'informer et voilà que je transforme une simple question en attaque en règle. Au fond, elle se réjouit de ma réaction qui la conforte quant à la permanence de mes travers. Cette passe d'armes fraternelle me rassure aussi, j'avais peur de me noyer dans le sucre de l'amour béat.

Voici Lisieux. Je lis sur la feuille de route établie par Étienne :

— « Lisieux est une "ville à la campagne". Pommiers en fleurs, vaches normandes, chaumières et maisons à pans de bois, distilleries, fromageries… Lisieux et la région du Pays d'Auge vous proposent une véritable carte postale de la Normandie. Deuxième ville sanctuaire de France, Lisieux est renommée mondialement grâce à sainte Thérèse. Haut lieu de pèlerinage européen, la Basilique de Lisieux accueille environ 900 000 visiteurs tous les ans. »

— Parfait ! Nous savons tout ! On s'arrête boire un café ?

Ma sœur suggère au lieu d'ordonner. Ça aussi, c'est un progrès.

— Je mangerais bien quelque chose, répond Étienne qui s'est réveillé.

Nous roulons rapidement vers le centre-ville. Charlotte se gare, après un créneau impeccable dans une artère du quartier historique. De belles maisons à colombages entourent une place rectangulaire sur laquelle sont plantés des arbres. À coup sûr, et encore des pommiers. Est-ce leur situation protégée au cœur de la ville, mais quelques bourgeons fleuris ont éclaté.

Nous entrons dans un petit troquet sympathique, genre alternatif, avec tables en bois brut, étagères et pots de plantes aromatiques, je crois, avec quelques tapisseries colorées, des kilims, sur les murs. Un menu est écrit à la craie sur un grand tableau vert. On entend une musique au fond d'une pièce adjacente, comme une mélodie arabo-andalouse. Une jeune femme s'approche. Brune, vive, aux yeux noirs et au sourire radieux.

— C'est pour manger ou pour une simple consommation ?

Nous confirmons notre volonté de grignoter quelque chose. Elle nous installe au fond de la petite salle, autour d'une jolie table ronde et cirée, et pose rapidement couverts et vaisselle sur des sets tissés de bandes de toiles rouges.

Charlotte ébouriffe ses mèches. Étienne déploie comme un étendard son duffle-coat sur un portemanteau, avec autant de soins qu'il aurait mis à disposer un manteau de sacre. Il défripe du plat de la main les plis innombrables qui le rident comme une vieille pomme, et caresse les bouloches avec ostentation.

— Nous sommes à plus de deux heures de Ry, dit Charlotte. Nous y serons donc dans l'après-midi. Vous avez réservé le parcours Flaubert, Étienne ? Il me semble que nous l'avions décidé…

— Oui… La guide nous attend devant la mairie à 15 h 30.

— Bien… Savez-vous si c'est toujours la même guide ? C'est-à-dire si elle aurait eu affaire avec Adèle ?

— Oui… Caroline Legrand. J'avais ses coordonnées depuis nos investigations de départ. Et j'avais déjà eu confirmation de la visite d'Adèle… C'est elle qui s'occupe de tout dans le secteur. J'ai servi la version officielle de notre enquête, l'écriture d'un article sur les derniers jours d'Adèle… La dame a été touchée, d'autant qu'elle s'en souvenait très bien. Elle l'avait eu en visite privée… Je n'ai pas insisté ni elle non plus, elle m'a dit que nous pourrions lui poser toutes les questions utiles.

La jolie brunette arrive avec un calepin.

— Vous avez décidé ?

— Il nous faudra encore quelques minutes, répond Charlotte, nous sommes trop bavards !

Nous choisissons trois formules plat-dessert. Étienne commande du boudin aux pommes, ma sœur et moi du dos de cabillaud avec un gratin.

Nous échangeons quelques banalités avec la jeune femme qui parle avec un accent charmant et indéfinissable.

Plusieurs personnes se sont assises. La salle est à moitié remplie. Une famille avec beaucoup d'enfants s'installe à la table voisine. À ce que nous comprenons de leur conversation, ils sont en pèlerinage à Lisieux. L'une des enfants s'appelle Thérèse et proclame fièrement qu'elle est arrivée dans sa ville, on apporte une chaise pour bébé pour le petit dernier, deux gamines échevelées se tortillent autour de Thérèse tandis qu'un autre pleurniche sur le fait qu'il a faim.

— Voilà une famille catholique, dans toute son exemplarité ! murmuré-je à voix basse.

— N'aiguise pas tes préjugés, reprend Charlotte. Qui te dit qu'ils ne sont pas anticonformistes, contestataires ou simplement originaux ?

— Je ne sombre pas dans les clichés, je fais seulement de la sociologie. Beaucoup d'enfants, en pèlerinage à Lisieux, c'est quand même caractéristique ? Et une môme qui s'appelle justement Thérèse… Tu avoueras, Charlotte, qu'il y a peu de chance qu'ils soient échangistes !

Cette petite discussion murmurée avec ma sœur me fait du bien. Étienne nous regarde vaguement ahuri, comme chaque fois que les conversations se passionnent. N'ayant pas de fratrie, je crois qu'il ne perçoit pas la part de jeu dialectique qui rentre en ligne de compte. J'ai eu cinquante fois ce débat avec Charlotte, elle m'attaque sur mes pseudo-préjugés, je la titille avec mes remarques plus ou moins ethnologiques. Adèle comptait généralement les points dans ces cas-là.

Ger, disait-elle, tu es mauvais, sur ce coup-ci ! Charlotte 8, Germain 6 !

Justement, Charlotte me regarde avec tendresse. Nous pensons sûrement à la même situation. La brunette nous sert nos repas. Étienne découpe soigneusement son boudin en parts égales, et trace avec sa fourchette des méandres dans la purée de pommes.

— Vous avez d'étranges rituels, Étienne, lorsque vous mangez !

Nounours rougit devant ma remarque et répond :

— J'étais un enfant difficile… Mon père arrivait cependant à me faire avaler la nourriture, en créant tout un univers enchanté autour de mon assiette. Je continue à m'imaginer des mondes fantastiques en regardant le contenu du plat…

— Et là, que voyez-vous ?

J'insiste, bien que Charlotte me fasse sentir avec ses sourcils en accent circonflexe que je suis lourd.

— Des îles noires et volcaniques, dans une mer déchaînée ! sourit Machin. Mais le vaillant petit bateau accostera.

Et Étienne me montre sa fourchette.

— Je comprends que vous soyez devenu nounou ! Vous devez faire merveille avec les gosses…

— Il n'y a pas de quoi se moquer, ajoute Charlotte-mère Teresa.

— Je ne me moquais pas… Vous avez de l'imagination ! Mais pourquoi les îles sont-elles semblables ?

— Mais enfin, Germain…, s'indigne ma sœur.

— Non ! Charlotte ! Laissez-le parler ! Cela montre qu'il est en confiance avec moi désormais ! J'aime le fait que ces îles soient toutes pareilles. Je trouve que s'il en était ainsi, le monde serait plus beau. Une parfaite égalité entre les choses. Pas de grosses parts à côté de petites ! Juste l'harmonie de la similitude…

— Mon vieux… Vous m'étonnez ! Vous êtes un poète-philosophe à votre manière !

Étienne et moi rions tandis que Charlotte lance un nouveau sujet de conversation. Elle doit trouver que celle que je viens de mener avec Machin est un rien scabreuse.

— Le cabillaud est délicieux. On dirait de la cuisine maison.

Adorable Charlotte dans son souci de préserver une certaine forme de bienséance. Je ne suis pas dupe, mais j'accepte de disserter sur le contenu de notre assiette. À côté de nous, la famille de pèlerins mange dans une joyeuse animation. La dénommée Thérèse pérore encore, galvanisée sans doute d'être à Lisieux.

Un barbu nous apporte en souriant la carte des desserts. Fondant poire-chocolat pour ma sœur, tarte au citron pour Étienne, assortiment de trois mini-verrines pour moi.

J'ai l'impression qu'on me regarde. Mes yeux balayent la salle avec un zeste d'inquiétude. Je ne vois rien d'exceptionnel, à part un vieillard, trois tables plus loin qui me fixe intensément. Je me fige. Une vague d'anxiété m'inonde. Je dois la trahir, car Charlotte me demande :

— Tout va bien, Germain ?

— Non… Un type me surveille, au fond à gauche, sous le tapis orangé. Mais ne vous retournez pas tout de suite. Il ne doit pas se douter que je l'ai vu…

Je fixe à mon tour l'inconnu qui ne baisse pas son regard. Il passe une longue main décharnée sur son crâne clairsemé de rares cheveux. Charlotte a habilement sorti un miroir de son sac qu'elle utilise comme un rétroviseur. Étienne n'ose même pas bouger un cil.

— En effet, dit ma sœur, c'est bizarre…

Je me lève et je vais vers l'inconnu. Je m'arrête devant lui, quand il me sourit en me tendant sa main :

— Vous ! Je vous aurais reconnu entre mille ! Vous vous souvenez de moi ?

— Je ne…

— Bien sûr, j'ai attendu un petit moment, mais je serais venu vous saluer ! J'avais peur que ma vue défaillante me trahisse ! En fait, c'est vous qui avez fait le premier pas ! Merci pour mes pauvres vieilles jambes… Figurez-vous que j'en suis vraiment à économiser le moindre déplacement inutile !

— Mais…

— Ne me dites pas que vous ne me reconnaissez pas ! Vous allez porter un rude coup à mon orgueil !

— Je ne crois pas !

— Vous me faites marcher ! Vous avez plus d'une fois adoré me provoquer. Je me rappelle, et vous aussi sans doute, quand vous vous êtes lancé dans un sophisme tout ce qu'il y a de plus douteux avec un aplomb sans égal. J'ai toujours aimé votre esprit frondeur ! Qu'est-ce que vous êtes devenu ?

— Je suis professeur de physique, mais…

Le vieillard se met à rire si fort qu'il finit en toussant violemment.

— Je ne vous voyais pas rentrer dans le sérail ! Oh non ! Je vous imaginais plutôt politicien, ou… journaliste…

— Je…

— Décidément, vous étiez et restez imprévisible !

Le vieil homme se racle la gorge et laisse encore son rire monter dans les aigus. Je crains un instant qu'il ne s'étouffe. Mais il se reprend :

— Que faites-vous ici ? Je doute que vous soyez en pèlerinage ! Pas plus que moi, d'ailleurs !

— Je fais un voyage… littéraire. J'ai toujours apprécié de partir sur les traces des écrivains. Les paysages et les lieux qu'ils ont hantés apparaissent alors comme des palimpsestes…

— Vous suivez les traces de Flaubert ?

Ma voix frémit et se casse dans un bêlement ridicule.

— Exactement. Vous aussi ? Avec des amis ?

Et le vieil homme de montrer Charlotte et Étienne qui nous regardent pantois.

Je suis dans un état d'angoisse intense. Brusquement, je lance, avec l'énergie de ceux qui se noient dans de l'eau glacée :

— Venez vous ajouter à notre table. Nous parlerons ensemble de notre excursion… Vous boirez un café avec nous.

— Avec grand plaisir. Je n'ai pas si souvent l'occasion de bavarder, mais je marche avec difficulté, aussi, allez prévenir vos amis pendant que je dérouille mes pauvres hanches malades pour vous rejoindre…

Le temps d'informer brièvement Charlotte et Étienne, stupéfaits de ce qui se passe, et le vieillard arrive en boitillant vers nous, appuyé sur une canne. Il s'incline devant ma sœur et salue Machin avec beaucoup de grâce.

— Simon Chamoisin. J'ai été le professeur de philosophie de cet olibrius ! dit-il en tendant un doigt tordu par l'arthrose vers moi.

Charlotte ouvre des yeux grands comme sa perplexité, et se tait, preuve s'il en était, de son embarras. Elle est comme moi, elle ne connaît pas ce type qui veut absolument m'avoir enseigné.

— Vous n'avez pas été mon professeur de philosophie, Monsieur. Elle s'appelait Ada Fermont… ou Frimont, je ne sais plus. Et je me présente : Germain Hérelier.

— Justement, justement… (Le vieil homme paraît désemparé) Vous n'êtes pas Sébastien Théoul ? Terminale S au lycée Fernand Léger à Cannes ?

— Non… Je suis désolé.

— Pas autant que moi… Savez-vous… Si mon corps se délite, je croyais encore que ma mémoire ne me jouait pas de tours…

Monsieur Chamoisin semble effondré. Charlotte-mère Teresa intervient :

— C'est le lot de tout le monde ! Ce n'est pas une question d'âge… On a quelquefois l'impression de reconnaître de parfaits inconnus. Cela m'est arrivé plusieurs fois ! Et quand on a été enseignant comme vous, j'imagine que le risque est d'autant plus grand !

Le vieillard sourit faiblement. Je sens qu'il est ébranlé par sa méprise. Je n'oublie pas, cependant, les raisons de sa présence en Normandie et lance :

— En tout cas, Monsieur Chamoisin est, lui aussi, sur les pas de Flaubert ! En voyage littéraire, comme nous !

— À tout petit pas, jeune homme ! J'aime me nourrir non seulement des œuvres, mais de l'air que les grands écrivains ont respiré. Je suis allé l'an dernier à Nohan, sur les traces de George Sand. Il était tout naturel que je fasse cette année le voyage autour de son ami Flaubert. « Tu aimes trop la littérature, elle te tuera et tu ne tueras pas la bêtise humaine »,[19] lui écrivait-elle. J'ai toujours apprécié, quant à moi, le côté pourfendeur de la bêtise, chez Gustave. Je me sens plus proche de lui que de George. Si j'osais, je vous dirais que je suis comme lui : un brin aigri, pas du tout romantique, mais capable de frémir devant la beauté des choses… Excusez-moi, je m'emporte ! Mais il ne fallait pas me lancer sur ce sujet.

Le vieil homme sourit. Il semble avoir retrouvé sa fougue. Nous l'écoutons avec attention.

---

[19] Lettre de George Sand à Flaubert.

Étienne, en apparence, a repris un de ses épisodes d'hibernation, il fixe le prof de philo avec autant d'expressivité qu'une terrasse en ciment, Charlotte a oublié de commenter et moi, je me sens partagé. J'aimerais croire et adhérer au discours du vieux bonhomme, mais il a cité George Sand, et ça me glace. Une partie de moi se dit qu'elle a rencontré un innocent prof de philo retraité qui dérouille ses hanches dans des voyages littéraires, une autre, moins raisonnable, se dit que, peut-être, « Flaubert » est devant moi… Pour l'instant, la confrontation des deux parties me plonge dans des abîmes d'angoisse. Charlotte ouvre enfin la bouche :

— Et vous suivez quel trajet ?

— J'ai passé la journée d'hier à Ry… C'est charmant. La Normandie telle qu'on la rêve en tant que touriste. Bien sûr, j'ai senti aussi, comme Madame Bovary, tout ce que ce petit univers pouvait recouvrir d'ennui étriqué et de férocité villageoise… « Elle aurait voulu vivre dans quelques vieux manoirs… »[20] Et vous ?

— Nous y allons… Vous semblez connaître Flaubert à la perfection !

— Avant de faire ces voyages annuels, je me documente, j'apprends des pages entières des œuvres de l'auteur visité, je m'imprègne de sa vie, au point de ne faire plus qu'un avec lui pendant quelques semaines…

— En somme, dit Charlotte visiblement bouleversée, vous êtes Flaubert ?

— Voilà, chère Madame… Vous m'avez bien compris ! Et le vieil homme se met à rire non sans coquetterie.

Nous sommes tétanisés. Se peut-il que nous ayons en face de nous l'assassin d'Adèle ? Comment faire pour qu'il avoue ? Et qu'allons-nous faire dans ce cas-là ? Instinctivement, je regarde Charlotte. Elle me prend la main. Puis elle se lance.

— J'aurais bien des questions à vous poser… Vous avez quelques minutes à nous accorder ?

Je comprends qu'il me faut la laisser mener l'interrogatoire. Après tout, son métier l'a préparée à ce genre d'exercice…

---

[20] Flaubert, *Madame Bovary*.

14 – Monsieur Chamoisin ?

« C'est passionnant de rencontrer quelqu'un qui s'identifie à Flaubert », dit-elle.

Je trouve qu'elle surjoue l'enthousiasme, mais Monsieur Chamoisin semble ravi de discuter de sa marotte.

— Merci, chère Madame !

Le vieillard rosit de plaisir. Je le regarde, fasciné. À cet instant, j'ai l'impression que nous touchons au but. Nous aussi, nous sommes sur les traces du grand écrivain, mais notre démarche est bien plus modeste. Nous avons seulement enquêté sur les lieux qui lui étaient chers ou proches… La villa Strassburger, la cathédrale de Caen…

— C'est important de s'imprégner de vieilles pierres… Il m'arrive également de m'émouvoir devant un simple arbre si je sais qu'il est assez âgé pour avoir connu Gustave. J'éprouve ainsi des moments de communion intense que je crois décuplés par tout le travail de documentation que j'effectue avant. Je m'identifie, je me glisse avec passion dans la peau de l'auteur. Comme un acteur qui deviendrait son propre rôle. Au fond, dit-il en souriant, je sais que ce n'est rien d'autre qu'une manie de pauvre vieux, tracassé par son grand âge, attristé par un long veuvage et enthousiasmé par le fait littéraire.

Nounours semble sortir de sa léthargie prolongée. Il demande, d'une petite voix angoissée :

— Jusqu'où allez-vous dans cette… identification ? Vous pensez en tant que Flaubert ? Vous… mangez les plats préférés de Flaubert ? Vous aimez comme Flaubert ? Vous…

— Attendez, jeune homme ! Pour ce qui est de manger comme l'écrivain, il y a longtemps que je ne peux plus ! L'état de mes artères ne me le permet pas.

Le petit rire cassé et aigu du vieillard s'élève. Il tousse à nouveau. Thérèse le regarde avec des yeux ronds. Sa mère la rappelle à la politesse qui consiste à ignorer le comportement des voisins. Monsieur Chamoisin reprend :

— Est-ce que je pense comme l'ermite de Croisset ? Je n'aurai pas l'outrecuidance de l'affirmer. Mais je crois que j'éprouve, comme lui, le mépris de la populace… J'étais beaucoup plus tolérant dans ma période George Sand ! Et considérablement plus vibrant aux causes sociales lorsque j'étais Victor Hugo, pendant mon séjour à Guernesey…

— Vous n'avez jamais voulu vous remarier ?

Je me suis lancé aussi dans l'interrogatoire, mais encore une fois, l'anxiété m'empêche d'être subtil.

— Hortense était exceptionnelle… Musicienne. Un sacré caractère, en plus. Et… puisqu'on en est aux confidences, un tempérament de feu ! Depuis qu'elle m'a quitté, je m'ennuie, je végète… Mais je n'ai jamais rencontré une seule femme qui lui arrive à la cheville. J'ai vécu mon métier d'enseignant comme un sacerdoce. Vraiment. Chaque élève qui avait sa personnalité m'intéressait. Aujourd'hui, il ne me reste plus grand-chose. À part la littérature et les philosophes de l'Antiquité. Et de temps à autre, ces voyages que je ferai tant que je pourrai me déplacer. Je n'ai plus guère de forces… En tout cas, je vous remercie d'avoir pris le temps d'écouter le vieil homme que je suis…

Charlotte sent probablement que rien de probant n'est sorti de cette conversation, car elle lance :

— Ma belle-sœur est morte récemment près d'ici dans un accident de voiture alors qu'elle préparait un voyage scolaire sur les traces de Flaubert. Avec mon frère et un ami, nous recherchons ce qu'ont dû être ses derniers jours…

— J'en suis sincèrement désolé… Rien de mal ne devrait nous advenir alors que nous nous nourrissons de la littérature… Je sais que ce que je dis est absurde, que ce qui nous arrive n'a pas de sens. Mais on ne devrait pas mourir sur une route de Normandie parce qu'on veut transmettre le goût des auteurs à ses élèves. C'était votre femme ?

Et le vieillard se tourne vers Étienne qui rougit violemment en me montrant du doigt.

— Excusez-moi… J'ai cru que Madame…

— Elle est ma sœur.

— Vous êtes jeunes et d'une certaine manière, vous m'émouvez… Vous avez en vous tant d'inaccomplis, tant de possibilités… Je vais bientôt mourir. Même si je ne crois en rien, j'aime m'imaginer que je vais retrouver Hortense. Alors, je souhaite une bonne suite à votre voyage… Vous savez… Votre femme est en vous… À jamais. J'ai eu du plaisir à vous connaître.

Et Monsieur Chamoisin se lève en grimaçant, s'incline devant Charlotte et s'en va en nous saluant.

Nous restons un long moment en silence. Le restaurant s'est vidé, nous sommes les derniers. Nous payons à la jolie brune et sortons.

— Ce n'est pas lui, dit Charlotte. Ce ne peut pas être lui. Je n'ai rien perçu chez cet homme de déviant ou d'alarmant. Et pourtant, j'ai déjà défendu des tordus de tout poil. Ce type est… comment puis-je le dire ?

— Simple et net ? – C'est moi qui complète – Je sais moi aussi que ce petit vieux est juste adorable. Un poil excentrique… C'est tout. Et vous Étienne, qu'en pensez-vous ?

— La même chose… En même temps, on ne va pas se mettre à soupçonner tous les spécialistes de Flaubert ! J'ai l'impression, comme dirait Germain, qu'on pédale dans la choucroute…

— Non ! (C'est Charlotte-Wellington qui nous interpelle) On pouvait le soupçonner. Nous l'avons fait. Nous l'avons interrogé et nous en avons retiré l'intime conviction qu'il était innocent. Que pouvait-on faire d'autre ?

Ma sœur est une très bonne avocate. Je n'en doute plus. Elle a le chic pour nous galvaniser lorsque nous battons de l'aile. Je m'arracherai la langue plutôt que de le lui dire, mais, vingt dieux, quelle femme !

Nous montons dans la voiture.

Je prends le volant, Étienne se terre au fond de la banquette arrière et arbore un air béat.

La présence de Charlotte le rassure et il ressemble à nouveau à un collégien en goguette, remorqué par ses parents.

Deux heures de prairies, de vaches et de bocage plus tard, nous arrivons à Ry. Devant la mairie, où je me gare sans effort, nous attend une fine jeune femme : Caroline Legrand. Des cheveux longs et lâchés, un visage souriant, des yeux bleus et vifs. Une écharpe jaune, un gros pull à torsades et des jeans.

15 – Ah ! Je Ry…

Nous la saluons. La demoiselle est décidément charmante. Elle nous propose de suivre le même trajet qu'elle avait fait avec ma femme et de répondre à toutes nos questions. Elle précise qu'il nous faudra passer outre une tendance du bourg à se muer en « Flaubertland ». Que le village est malgré tout l'âme de Yonville. D'abord, elle nous explique qu'il a la même conformité topographique. Et nous cite Gustave : « la rue (la seule) longue d'une portée de fusil et bordée de quelques boutiques s'arrête au tournant de la route ».[21] Nous l'arpentons aussi. Le temps est doux. Inutile de préciser qu'il est bien sûr humide, une brume aérienne s'élève du petit cours d'eau qui ondule gentiment à travers le bourg. Les vieilles maisons à pans de bois paraissent jaillir du fond d'écran d'Adèle. Je n'oublie en rien qu'il y a cinq mois, elle flânait dans les mêmes rues que nous. Je m'approche de ladite Caroline :

— Vous rappelez-vous quelque chose de ma femme ?

— Oui ! Assez bien, me répond-elle doucement. Elle semblait enthousiasmée par Ry, même si elle lui trouvait un côté surfait. Je me souviens qu'elle prenait des notes sur un petit carnet noir.

C'est moi qui le lui avais offert, fatigué de la voir utiliser des pages de brouillons improbables, vieux cahiers usagés, dos de liste des courses, fragments d'essais d'imprimante, et de ramasser ses « bouts de ficelle » dans ses poches ou sur le canapé. Non qu'elle fût regardante avec son matériel scolaire. Plutôt par goût de l'improvisation et du recyclage.

— Vous n'avez rien noté de spécial ?

Charlotte, qui me sent perdu dans un rêve morne, intervient.

— Non… Juste une jeune femme passionnée… Elle posait des multitudes de questions… On voyait qu'elle avait bien préparé son

---

[21] Flaubert, *Madame Bovary*.

voyage. Je lui en ai fait la remarque, d'ailleurs. Et… curieusement, elle m'a rétorqué qu'un ami normand, professionnel de Flaubert, l'avait beaucoup aidée. Comme je lui demandais son nom, car je crois être au courant et quasi en contact avec la plupart des spécialistes de l'écrivain, elle m'a répondu avec un grand rire qu'elle n'était en rien informée de sa véritable identité et qu'elle l'avait surnommé « Flaubert ». C'est étrange, mais j'avais oublié ce détail qui me revient à cet instant. En tout cas, elle m'a assuré que cet homme connaissait l'écrivain comme sa poche !

— Cela ne vous a pas surprise ? demande Étienne.

— Un peu… Pas qu'elle communique avec un spécialiste normand de Flaubert. Mais qu'il ne se soit pas présenté… Après, bien sûr, ce ne sont pas les excentriques qui manquent ! Surtout chez certains érudits ! Mais il me semble que, si elle avait pu me donner son nom, j'étais à peu près certaine de l'avoir fréquenté d'une manière ou d'une autre.

— Nous le cherchons aussi… Il a sûrement des éléments à nous révéler sur les derniers jours de ma femme. Du moins, je l'espère.

— Et que savez-vous de lui ?

— Juste un numéro… qui ne répond pas, ajoute Charlotte.

— Votre épouse a pris des photos avec son téléphone… Ce qui est encore curieux, c'est qu'elle avait l'air de les comparer avec d'autres clichés déjà existants. Puis, elle m'a précisé qu'elle faisait une sorte de jeu de piste avec « Flaubert ». Nous avons beaucoup ri lorsqu'elle m'a énoncé cette phrase !

— Elle paraissait inquiète ?

Étienne est ému. Mais je sais que nous le sommes tous.

— Non ! Pas vraiment… Simplement contente d'être là… Elle était gaie… Je suis désolée de ce qui lui est arrivé. Peu de temps après la visite, je crois…

— Oui… Le surlendemain… (Tout me semble lugubre d'un coup) Et… à part pour prendre des photos, elle n'a pas été sollicitée par son téléphone pendant la visite ?

Caroline me regarde avec attention. Je ne sais si c'est parce qu'elle monopolise sa mémoire ou parce qu'elle trouve ma question incongrue.

— Que voulez-vous dire ?

— On nous a dit, précédemment, à la villa Strassburger, qu'elle avait été excédée au téléphone par quelqu'un qui semblait ne pas la lâcher. J'aurais, nous aurions aimé savoir si… cela s'était produit avec vous, pendant la visite…

— Serait-ce cet érudit fantôme ? dit Caroline en esquissant un sourire. En tout cas, elle ne m'en a pas parlé comme d'un importun… Du moins, rien ne m'a marqué de ce côté-là. Je peux seulement vous dire qu'en l'état actuel de ce que je sais, il n'existe pas en tant que guide officiel dans la région. Nous sommes essentiellement des femmes. Avait-il un autre signe distinctif qui pourrait permettre de l'identifier, en dehors de son numéro de téléphone ?

— Juste une propension importante à parler par extraits de Gustave Flaubert, précise Charlotte, nappée dans son imperméable rouge. Et une voix cassée, basse et rauque.

— Je ne vois personne qui corresponde à ces caractéristiques… Nous avons bien un spécialiste local de Flaubert et surtout de « Madame Bovary »… En dehors du fait qu'il ne s'exprime pas par citations, il est très malade depuis plusieurs mois et passe son temps entre sa maison à Ry et l'hôpital de Rouen. Lisez une de ces œuvres, publiées par les Éditions en trompe-l'œil, « Emma et Ry, une histoire commune ». C'est à la fois distractif et très fouillé. Jean-Baptiste Serroncle. C'est son nom.

Caroline s'interrompt un moment pour nous montrer un restaurant fermé. Sur les volets de l'étage, on a cloué des pancartes « À vendre ». Sur l'enseigne qui barre toute la façade, un nom qui claque comme l'improbable union de la littérature et du commerce : « Le Bovary ».

— Lisez le feuillet punaisé sur la porte. Vous commencerez alors à comprendre Ry… Et Yonville !

Charlotte, Étienne et moi nous approchons :

« Imaginez ce joli petit village au bord du Crevon. Ses maisons, petits commerces aux allures d'antan, de cet autrefois du pays d'Emma… Flaubert l'a si bien décrit ! Les rideaux se soulèvent encore sur votre passage, votre vie est déjà écrite avant que vous ne l'ayez vécue, votre passé, romancé, recomposé aux rythmes de quels accords ? Et le temps file, tout doucement vous vous conformez ou vous vous détruisez, renoncez à ce que vous êtes vraiment tout en déployant une autre identité que l'on vous a fixée. Quel choix que de penser fuir ce paradis d'enfer pour exister ? »

Quelle étrange missive pour un étrange bourg… « Un paradis d'enfer ». Les anciens propriétaires ne manquaient pas de style. Je suis néanmoins déçu parce que Caroline n'a rien apporté de nouveau à notre enquête, si ce n'est la confirmation, plus ou moins déjà donnée au téléphone, que « Flaubert » n'a aucune existence officielle. Nous déambulons encore dans la rue principale pendant que la jeune guide nous explique la genèse du personnage d'Emma : peut-être Delphine Delamare, femme d'un médecin du bourg qui mourut dans sa vingt-septième année, après avoir trompé et ruiné son mari.

Il y a comme un jeu permanent de faux-semblants entre Yonville et Ry, entre la réalité et la fiction. L'enquête que nous menons aussi me semble étrange et pleine d'imitations en carton-pâte… À commencer par son principal protagoniste qui commence sérieusement à me les briser. « Flaubert » à la noix, mais meurtrier bien réel. Et tous ces suspects à la gomme, nés de notre imagination enfiévrée… Et mon amour qui est allongée six pieds sous terre, parce qu'un salaud n'a pas supporté…

— Et là, vous voyez la stèle de sa tombe…

Tandis que je me fustigeais, nous sommes arrivés aux abords de l'église. Caroline nous montre une inscription :

« À la mémoire de Delphine Delamare, née Couturier, Mme Bovary, 1822-1848 », peut-on lire sur le flanc de l'église de Ry, à côté de la sépulture de son mari, Eugène Delamare.

— Quelle curieuse fusion entre une personne et un personnage, remarque Charlotte. On dirait qu'ici, la confusion entre le fait littéraire et le fait divers est officielle.

Étienne écoute avec admiration ma sœur, j'apprécie également la précision de son commentaire. En même temps, ce va-et-vient permanent dans le bourg entre réalité et fiction me ramène encore à l'image même de notre aventure… Nous cherchons un criminel caché, au surnom d'écrivain, qui s'exprime comme s'il voulait être Gustave et qui n'est au fond, qu'un sombre minable.

Nous passons devant l'office de Tourisme de Ry. Une poupée confectionnée avec des torchons orange, un cœur collé sur le visage en guise de bouche, un buste en terre cuite ornant la première page d'un bloc-notes : voilà les souvenirs à l'effigie d'Emma Bovary, en vente, exposés dans la vitrine. Je trouve cela morbide. C'est sûrement exagéré par rapport à ce que cela mérite, mais la visite de Ry me plonge dans un accès de mélancolie. Le fantôme d'une héroïne de roman imprègne le village. Une mercerie prénommée « Emma », une banque sur laquelle est apposée une plaque spécifie que l'on se trouve à l'emplacement de l'étude de notaire où travaillait Rodolphe, son amant, à la place de la pharmacie d'Homais, on remarque un bazar-quincaillerie dont la vitrine est pleine d'électroménager. Charlotte et Étienne sont silencieux. Je crois qu'ils sont comme moi, gagnés par l'ambiance à la fois pimpante et oppressante du bourg.

Caroline s'arrête, et nous avec, sur le petit pont à balustrade élégante que nous avions déjà identifié sur le Mac d'Adèle.

— Je vous ai montré ce que j'avais exposé à votre femme. J'ai bien peur de n'avoir que peu d'éléments à apporter pour étoffer votre enquête…

— En tout cas, merci de ce temps que vous avez pris pour répondre à nos questions et nous faire visiter le village… C'était émouvant de savoir que ma femme y était passée et que vous l'aviez côtoyée…

Je lui glisse une enveloppe et j'ajoute, histoire de ne pas sombrer dans la morosité ambiante :

— Vous irez boire un coup avec Emma ! Sortez-la, elle en a besoin ! Cela lui évitera de mal finir !

Caroline sourit aimablement, puis nous serre la main en nous souhaitant de retrouver « Flaubert ». Je ne peux m'empêcher de frissonner.

III

« *Clown. A été disloqué dès l'enfance.* »

Flaubert
Dictionnaire des idées reçues

26 octobre, 20 h 12

Elle a posé le téléphone sur le siège du passager. Elle allume une cigarette qu'elle s'est roulée sur la ligne droite, avant le village au rond-point théâtralisé : deux vaches en métal, une fermière sautillante avec un pot à lait, elle aussi métallique, et une prairie tout aussi exemplaire que réduite. Quatre buissons figurent le bocage sans doute.

Elle sourit malgré l'angoisse sourde qui la tenaille.

Ce soir, elle appellera Germain. Elle lui dira combien elle l'aime, et le convaincra de la rejoindre dans un petit hôtel qu'elle a réservé à Trouville pour un week-end exceptionnel. Elle lui parlera d'Étienne… Ou pas… Elle lui répétera…

Le téléphone se manifeste à nouveau. Elle ne veut pas répondre, elle pense que c'est Flaubert, qu'il va encore la menacer sans en avoir l'air. Elle ne décroche pas. Elle tire sur la cigarette nerveusement.

La sonnerie lancinante remplit l'habitacle et sature ses oreilles d'une terreur nouvelle…

1 – L'âme des guerriers

Nounours reprend sa place douillette au fond de ma voiture. Charlotte conduit, à nouveau, et, moi, je deviens le copilote. Ma sœur est nerveuse. Ses mains pianotent sur le volant. Le crépuscule colore les brumes de Ry en mauve.

— Bon…, résume Madame Butterfly. Nous n'avons pas appris grand-chose de plus que nous ne savions déjà !

— Oui… Ce bourg m'a foutu le bourdon…

— Il est mignon, pourtant ! trompette ma sœur, et Caroline est délicieuse. Maintenant, je comprends l'effet qu'il a pu te faire ! On dirait le panthéon de la tragique héroïne malheureuse et suicidée… Cependant, ne nous laissons pas gagner par le spleen… Qu'avons-nous appris ?

— Que « Flaubert » est un inconnu… Qu'il n'a rien à voir avec un quelconque circuit touristique. Mais ça, on le savait déjà. Qu'il est dans l'ombre. Déconnecté de toute réalité objective. Ou plutôt, non. Il appartient, hélas, à la réalité. Il est juste hors d'atteinte…

Machin bredouille un truc inaudible, car la conduite dynamique de ma sœur fait rugir le moteur.

— Que dites-vous Étienne ? demande Charlotte.

— Qu'il nous faut lui tendre un piège…

Nounours semble tétanisé par son audace.

— À « Flaubert » ? Mais comment ? Je vous rappelle que nous n'avons que son numéro de téléphone… Et qu'il ne répond que quand ça lui chante.

Je me suis tourné et regarde « le pitoyable comparse » qui est ratatiné sur la banquette arrière, sous le duffle-coat en lambeaux.

— Fixons-lui rendez-vous… Il vient ou pas, mais, au moins, on cessera de s'agiter autour d'un spectre.

— Pourquoi pas une table tournante tant que vous y êtes ! C'est insensé, Étienne.

— Réfléchissez, Germain… Jusqu'ici, nous n'avons eu que des déconvenues… Un Coréen asocial, une vieille dame réactionnaire, et le gentil Monsieur Chamoisin… Nous avons refait le trajet accompli par Adèle. Celui que « l'Autre » lui avait demandé de faire. Là, nous roulons vers Rouen. Demain, que va-t-il se passer ? Nous allons peu ou prou mettre nos pas dans ceux d'Adèle. Nous visiterons la cathédrale, le musée Gustave Flaubert. Au mieux, nous allons nous focaliser sur quelques innocents, amateurs de l'écrivain. Et après ? Nous n'aurons pas avancé d'un pouce.

La pluie tombe.

Les essuie-glaces ronronnent plus ou moins harmonieusement et Charlotte cherche fébrilement une solution pour évacuer la buée qui se forme.

Je sens qu'il nous faut écouter Étienne. Qu'il est peut-être en train de trouver le fil conducteur. Je dois être diablement désespéré pour rentrer dans ce genre de solution…

— Que proposez-vous ?

— De le contacter par le seul moyen avec lequel vous l'avez fait jusque-là : le téléphone… Envoyez-lui un texto. Dites-lui que vous admettez d'une certaine manière sa suprématie. Ne soyez pas agressif… Et ajoutez qu'avant d'abandonner la partie, vous aimeriez bien lui poser les dernières questions face à face…

Jamais Étienne n'avait parlé aussi longtemps et avec autant de force. Ce type serait-il un guerrier déguisé en mauviette ? Charlotte se gare sur un bas-côté herbeux.

— Vous avez raison, Étienne, dit-elle. Ce soir, nous allons peser nos mots et nous fixerons un rendez-vous à « Flaubert ». Qu'est-ce qu'on a à perdre ? Rien. S'il refuse, nous en serons au même point que maintenant. S'il accepte…

— Nous serons définitivement renseignés sur l'individu.

Étienne caresse le duffle-coat. Il semble galvanisé.

— Je ne cherche pas tellement à m'informer sur lui… Je veux me venger… Je veux qu'il paye pour m'avoir brisé la vie en enlevant celle de ma femme… Je veux que ce lâche…

— Nous verrons bien que faire une fois en face de lui, si jamais cela devient possible… (Charlotte parle avec véhémence) Et je te rappelle que les lois existent. Que ce type n'est pas au-dessus…

— C'est toi qui nous as dit qu'il était juridiquement hors d'atteinte… Que son crime n'en était pas un…

Je suis en colère. Machin s'abrite sous sa défroque.

— Je te jure, Germain, que s'il est en face de nous, nous lui ferons tout avouer… Je ferai en sorte qu'il soit traîné devant les tribunaux.

Charlotte me prend la main. Nous restons silencieux. J'ajoute enfin :

— Et s'il refuse la confrontation ? Ce n'est pas Moriarty et nous ne sommes pas dans une aventure de Sherlock Holmes…

— Alors, nous aviserons…

Après un moment douloureux où j'ai l'impression de tomber dans un vide glacé, je fais avec ma tête un signe d'assentiment. Charlotte remet le contact :

— Tu es en état de me conduire jusqu'au Formule 1 de Rouen ?

— On y va…

Je me sens décapé. Tout sentiment de sécurité, y compris précaire, m'a abandonné. Je suis une barque sans godille, un…

— Germain ? J'imagine qu'on est sur une voie rapide. Je sors où ?

Nous sommes dix minutes après devant le Formule 1 de Rouen. On se croirait revenu à Caen. Même zone obscure, illuminée sobrement par des lampadaires rougeâtres, même enseigne en néon, zébrant toute la façade. Des parkings déserts. Même brouillon moche et sans particularisme de la ville qui se profile au loin, dans un luxe d'éclairages sophistiqués.

2 – Fatal texto

Quelques minutes plus tôt, Charlotte avait proposé de dîner en ville, dans un « vrai » restaurant :

— Vous me faites dormir dans une boîte, mais vous ne me ferez pas manger un hamburger caoutchouteux avec des frites graisseuses…

— Tu es pleine de préjugés de classe, ma sœur ! Les hamburgers sont, paraît-il, fabriqués avec de la viande de premier choix, et les frites ne sont pas plus dégueulasses qu'ailleurs !

— Nous pouvons cependant aller dans Rouen, dit Nounours, consensuel. Je voudrais vous inviter tous les deux, ce soir !

— Ne vous inquiétez pas, mon vieux ! Charlotte et moi adorons nous chamailler depuis la nuit des temps… Et ne vous sentez pas obligé de nous nourrir ! On peut…

— Non ! répond Étienne avec animation. J'ai envie de vous remercier tous les deux de m'avoir… accepté. Et de m'avoir manifesté gentillesse et tolérance. Germain, je vous le dis… Vous aviez de la chance d'être le mari d'Adèle… Mais elle avait de la chance aussi. Je suis content de vous connaître…

Je suis bouleversé, et Charlotte également. Je voudrais trouver une remarque bravache pour éviter de m'enliser dans l'émotion, mais rien ne me vient… Ma crête de petit coq puéril est en berne.

Nous convenons de nous retrouver dans l'entrée, dans une demi-heure. Chacun s'installe dans sa cabine en tous points semblable à celle d'hier. Nous sommes dans le même couloir. Dans ma « boîte », un lit, une table, une chaise. Un lavabo près d'une fenêtre qui donne sur une bande de gazon, une haie d'arbustes bruns et argentés, et l'entrepôt de sodas dans une brume rougeâtre. J'allume la lampe de chevet, histoire de ne pas avoir l'impression d'être dans un conteneur, ou plutôt, pour que le conteneur semble un brin cosy. Je me douche rapidement et me change. Il est l'heure de rejoindre Charlotte et Étienne. Charlotte est déjà là, assise sur un fauteuil tellement impersonnel qu'il en a perdu toute évidence. Elle feuillette une revue trouvée sur une table basse.

— J'ai toujours du mal à me figurer qui peut lire ce type de torchon ! dit-elle.

— Il est de ceux que l'on compulse chez le dentiste ou le coiffeur… À moins que cette explication ne soit qu'un alibi, et qu'au fond, on n'attende que l'occasion de se repaître de ce genre de reportage sans oser l'assumer !

— Tu dis ça pour toi ? répond Charlotte en riant.

— Pour nous tous ! Et vous, Étienne ?

Ce dernier vient d'arriver, tout mouillé de sa douche. On pourrait penser que ce type ignore l'usage de la serviette-éponge.

— Vous aimez les journaux people ?

L'Humide me regarde, l'air aussi embué que ses cheveux. Je n'insiste pas. Je crois que ses efforts combatifs de tout à l'heure l'ont liquéfié.

Nous sortons dans la fraîcheur de ce mois de mars normand. Je prends le volant. En suivant une rocade sinueuse, nous arrivons vite à Rouen. Je me gare sur une jolie placette où un hôtel particulier renaissance est savamment illuminé par des spots orangés. La cathédrale n'est pas loin. Nous apercevons sa masse imposante, elle aussi puissamment éclairée, et sa flèche spectaculaire. Nous marchons sur des pavés luisants et cabossés, Charlotte peste pour ses talons inadaptés. Nous traversons l'immense place, par une charmante rue en pente, puis nous nous retrouvons sur les rives de la Seine. À notre gauche, un joli restaurant : « Aux délices de Jeanne ».

— Il ne manque plus qu'ils y proposent ses côtelettes grillées !

Je ne peux m'empêcher de commenter tandis qu'Étienne semble tout à fait décidé à nous y embarquer. Charlotte pouffe. Nous y entrons.

L'intérieur est raffiné, confortable. Dans une cheminée, brûle un feu agréable – en mémoire de Jeanne ? Je garde ma blague vaseuse pour moi, Étienne prend les devants et demande crânement une table pour trois. On nous conduit vers l'une des dernières places libres de ce samedi soir.

On s'installe. On nous sert des amuse-gueules, preuves de la classe et sûrement des prix de l'établissement. Étienne est ravi comme un gosse.

Malgré la fatigue, la tristesse et l'anxiété qui tournent dans ma tête comme des hamsters furieux, j'ai décidé d'être à l'unisson. Qu'est-ce que tu en penses, Adèle ? C'est le clou, non ? Le pompon ! J'ai attrapé le pompon ! Je suis, avec ma sœur, invité au restaurant par ton amant. *Peace and love*, je suis maté. Et en plus, je vais être gentil. Adulte. Conforme… Encore que, question conformité, faire ami-ami avec le petit copain de sa femme, ce n'est pas non plus courant, non ?

— Germain, demande ma sœur, il nous faut commander…

Elle sourit en me regardant. Elle aussi a décidé d'être aimable, sauf que ça lui réclame moins d'efforts qu'à moi… Oui, Adèle, je sais que j'exagère. Mais, comme je te l'ai déjà dit et répété, tu ne peux pas tout me demander en même temps !

— Vous avez choisi quoi, vous ?

— Une salade de homards au vinaigre de pommes, répond Charlotte.

— Une cassolette d'andouilles de Vire aux pommes également, ajoute Étienne, tout fiérot.

Je suis touché de le sentir aussi heureux de nous faire plaisir. Il ne doit pas avoir si souvent l'occasion de vivre des moments de chaleur humaine. Charlotte le regarde avec une forme de tendresse dans les yeux que je comprends parfaitement. Ça y est, Adèle ! Je suis cuit et recuit. Je suis plein de mansuétude et de grandeur d'âme. Je deviens… débonnaire comme un grand-père d'image d'Épinal ou de « La petite maison dans la prairie ».

— Eh bien, pour moi… Ce sera le grand jeu ! Un plateau de fruits de mer…

Nounours rayonne. Nous commandons encore un vin blanc qu'un sommelier sautillant vient nous faire déguster. Je me sens étrangement dédoublé. Une partie de moi voudrait être bien, mais l'angoisse monte en moi inéluctablement. Je comprends que nous sommes à la fin de cette quête. Et que nous allons plonger dans un inconnu qui ne m'inspire rien, à part un mélange de dégoût et d'épouvante.

Charlotte intervient alors :

— Vraiment, Étienne, j'apprécie énormément votre geste…

Machin rosit. Il sirote son verre de blanc en souriant béatement. Ma sœur embraye :

— C'est curieux comme parfois la vie réunit des gens qui n'auraient pas dû se connaître…

Elle me lance un regard presque timide avant de continuer :

— Et nous voilà tous les trois ce soir, reliés par des faits, ô combien douloureux… Et pourtant, dans une forme de chaleur humaine et de respect mutuel… C'est épatant, dit-elle, et ça me revigore !

Je ne commente pas… Et d'ailleurs, j'ai épuisé mon stock de commentaires acerbes, on dirait.

Ce soir, je suis, moi aussi, vautré dans l'indulgence et dans l'amour, comme un bébé dans son liquide amniotique. Comme quoi, mon Adèle, il ne faut jurer de rien et trembler dans ses pauvres certitudes. Étienne reprend :

— C'est extraordinaire, et je vous en serais toujours reconnaissant.

Puis, nous trinquons solennellement à je ne sais quoi d'indicible. Après un moment de silence, un serveur stylé et acnéique nous apporte nos plats.

Je disparais derrière un magnifique plateau de fruits de mer, tandis que Charlotte et Nounours contemplent avec satisfaction leurs assiettes garnies avec élégance et sophistication. Les andouillettes se déploient allègrement dans une poterie ocre vernissée pendant que le homard s'étale entre des agrumes et une sorte de salade ciselée dans une cassolette de verre art déco.

Chacun s'attaque à son plat. On entend pendant un instant que le murmure feutré des autres convives et un léger cliquetis de couverts. Puis Étienne se lance :

— Qu'allons-nous proposer à « Flaubert » ?

J'observe incidemment qu'il a divisé son volume d'andouillettes en quatre parts égales. Son plat doit être le siège d'un conte merveilleux où tout est semblable et harmonieux.

— De le connaître, dit Charlotte, un bout de homard couronnant sa fourchette. Et de lui demander de nous expliquer qui il est, comment il a croisé la route d'Adèle et...

— Je ne crois pas, répond Étienne. Réclamons juste de le rencontrer, parce que nous avons des questions à lui poser... Ne lui mettons pas de pression. Comme l'avait dit Germain, essayons de penser comme lui, de nous adapter à sa mentalité pour mieux entrer en contact.

— C'est difficile de s'imaginer ce qu'il a dans la tête. Que sait-on de lui ? Ou que pouvons-nous deviner de son idéologie ?

Je me sens à nouveau barque sans godille.

— Je suis sûre qu'il a une double personnalité... (Madame Butterfly semble inspirée) Mais que son fonds de commerce est un immense orgueil bafoué. Un frustré de gloire et de reconnaissance. S'il avait voulu, il aurait pu ne jamais nous contacter, et tout se serait arrêté, malgré nos bonnes volontés. Or, il nous a écrit, parlé même. Comme pour nous titiller, nous avouer qu'il était là.

Machin opine tout en traçant des cercles dans sa compote de pommes. Je fais signe à Charlotte de continuer.

— Quelque chose me dit qu'il veut que nous le découvrions... Alors, nous devons entrer dans ce jeu-là. Lui écrire qu'on le juge intelligent, déterminé, mais que s'il ne nous rencontre pas, nous ne garderons de lui qu'une vague image imprécise.

— Cher « Flaubert », nous vous trouvons subtil... C'est comme ça que tu vois le message, Charlotte ? Parce que, moi, j'estime ça un peu gros !

— Oui dans la lettre, Germain, mais pas dans l'esprit. On doit, nous aussi, être malins... Plus malins que lui et inverser le rapport de force entre lui et nous... Je verrai bien quelque chose comme : « Flaubert, nous savons que nous ne pouvons pas vous retrouver... Mais nous avons compris, grâce à vous, qu'Adèle n'était pas morte par hasard... »

— Merde ! Charlotte ! Il l'a tuée, ce salopard... Tu parles d'un hasard ! La rage me consume, même si je sais que ma sœur est dans la stratégie.

— Je comprends... Germain. Nous ne sommes pas là dans une conversation sincère, entre deux humains de bonne volonté. Nous sommes face à un psychopathe que nous voulons débusquer. Nous devons jouer au plus fin avec lui. C'est tout ! Je sais que ce que je te demande est difficile, douloureux et insoutenable, mais le piéger est nécessaire.

Nounours, dont le plat est vide, regarde Charlotte avec extase. Je crois qu'elle restera pour lui la cheftaine toute-puissante, capable d'exprimer avec fougue et intelligence tout ce que nous n'arrivons pas à extraire de nos cervelles fatiguées.

Nous avons fini tous les trois nos assiettes, le serveur vient nous apporter la carte des desserts. Je n'ai plus faim, mais Nounours veut clore ce repas en fanfare. Deux verres de vin plus tard, je déguste du bout des lèvres une nougatine pourtant excellente. Charlotte, devant un sabayon au Calvados, ainsi que Nounours, martèle sa tactique :

— On doit concevoir un texto court, pour ne pas l'embrouiller, clair et… diplomatique. Tu as le téléphone d'Adèle, Germain ?

Comme je hoche positivement la tête, ma sœur me demande de le sortir. Nous allons composer le SMS, là, dans le restaurant, entre le dessert et l'addition. Nous commandons une autre bouteille de vin blanc. J'ouvre le cœur battant le téléphone, je n'ai qu'un mince regard pour le selfie de nous deux, je vais aux messages et tape : « Flaubert ».

— Je m'adresse à lui comment ? Monsieur ?

J'observe mes « comparses ».

— Non ! dit Machin. Appelons-le « Flaubert ». C'est comme si c'était son nom… de guerre…

Charlotte approuve.

Je tape donc ce début du message.

— Ensuite… « Nous voici presque au terme de notre périple… ? Et nous n'avons pas pu ou su vous identifier… ? » ça vous va ?

Charlotte et Nounours approuvent. Je continue à libeller le SMS. Puis, Charlotte se lance :

— « Nous voudrions vous rencontrer, sachant que nous sommes à Rouen. » Après un regard à Machin qui opine, je retranscris la suggestion de ma sœur qui poursuit avec enthousiasme :

— « En quelque sorte, vous avez gagné. Aidez-nous à éclaircir quelques points obscurs dans cette affaire ». Qu'en pensez-vous ?

— « Affaire » ou « histoire » ? dit Étienne.

— Pourquoi pas « aventure malheureuse » ? Il me semble, dis-je, et pour tenter de le comprendre, que cette expression le dédouane en partie de sa terrible responsabilité. Et du coup, elle le mettra plus en confiance.

— Parfait, répond ma sœur. Étienne ?

— Tout à fait d'accord…

Je reprends le texto ainsi libellé et ajoute, sans presque aucun état d'âme :

— Une formule de politesse ? Encore que le mot « politesse » m'arrache la gorge et le cœur…

— Non ! assène Charlotte de sa voix claire. Juste quelque chose comme : « Dites-nous simplement à quelle heure et où nous pourrions vous retrouver ». C'est bon ?

— Oui, dis-je en tapant le texte. On signe ? JE signe ?

— Inutile, il saura que c'est vous…

Étienne, qui a ingurgité, comme Charlotte et moi, force verres de vin blanc, a les pommettes rouges et les yeux brillants.

J'envoie le SMS ainsi formulé. Nous sommes tous les trois devant le petit appareil qui s'éteint au bout de quelques secondes. Un long instant passe. Pas de réponse.

— Il a peut-être fermé provisoirement son téléphone, ou il ne veut pas se manifester maintenant. Mais, j'ai confiance, commente Charlotte-Napoléon, nous avons su trouver le ton juste.

— En tout cas, les dés sont lancés… Rentrons ! Je suis épuisé… Mais, merci beaucoup, Étienne. Ce repas était délicieux et nous avions bien besoin de réconfort.

Je tape sur l'épaule de Nounours qui se lève et va discrètement payer la note au comptoir.

— C'était dur, mais on l'a fait, Germain ! Je sens que l'on va être fixés. Ça va ? Tu tiens le coup ?

Charlotte me regarde avec attention et douceur.

— Oui ! Mais je n'en peux plus ! C'est ça être adulte, ma sœur ? Une immense fatigue ? J'aurais mieux fait de rester puéril, c'est moins harassant !

Charlotte-madame Butterfly sourit. Nous sommes en pleine ambiance hérélienne quand Étienne revient d'un pas mal assuré. Le pauvre diable a un début – ou une fin – de cuite, il est temps de rentrer.

Le Formule 1 nous attend, dans la brume rougeâtre. Nous nous séparons dans le couloir, avec promesse de se faire réveiller si jamais « Flaubert » se manifestait.

3 – « Tuez-moi si vous voulez… »

J'entre dans mon conteneur amélioré. Je pose le téléphone d'Adèle sur la tablette blanche, près du lit. J'allume la lampe de chevet. Peu de temps après, je suis allongé avec « Kif ». Il me semble entendre ma femme rire et me dire en hennissant :

— Ger, relaxe-toi ! Tu es tendu comme une corde de violon ! Tu vas casser !

J'ai presque l'impression de sentir un petit baiser sur ma tempe. Mais je sais que je suis seul, malade d'angoisse et accablé. Je suis installé dans une attente insupportable. Si jamais « Flaubert » ne se manifeste pas, la mort d'Adèle restera aussi injuste que mystérieuse. Et la suite de ma vie se déroulera comme une question sans fin et sans réponse…

Pourtant… Est-ce si important, au fond, d'obtenir cet hypothétique rendez-vous ? Je ne suis sûr de rien. Je me souviens encore d'Adèle, se moquant de moi et m'écrivant sur l'ardoise accrochée au frigo : « Il quitte le doute pour se noyer dans l'incertitude. Il progresse ! »

J'ai envie d'arrêter tout, de rentrer demain sur Paris. Je voudrais être dans mon appartement, et dormir pendant des jours entiers, puis me réveiller longtemps après…

Adèle, mon amour… Non… Je ne te laisserai pas tomber. Ne t'inquiète pas. J'ai juste un moment de déprime… Je trouverai, nous trouverons ton assassin. Et je…

À cet instant précis, j'entends la sonnerie caractéristique du petit téléphone. Un texto vient d'arriver. Je frémis. J'ouvre et lis :

— « Ils se regardèrent et leurs pensées, confondues dans la même angoisse, s'étreignaient étroitement, comme deux poitrines palpitantes. »[22] Vous avez peur, Germain ? Moi aussi. La mort d'Adèle est une victoire

---

[22] Flaubert, *Madame Bovary*.

amère. Elle me condamne à une forme de damnation. Vous souffrez ? Moi aussi. Je suis prêt à vous rencontrer avec vos deux comparses. Mon ego que je croyais invincible a fondu dans la douleur de l'absence. Tuez-moi si vous voulez, mais vous êtes bien trop sensible pour le faire. Je vous attends demain soir à Croisset, commune de Canteleu, près du pavillon. Dans le petit jardin. C'est dans la maison attenante, disparue aujourd'hui, que mourut Flaubert. À 18 h 30. Vous me reconnaîtrez.

— Nous y serons.

Je tape mes lettres avec frénésie.

Ça y est, mon amour… Nous allons le connaître. Et il verra si je suis sensible…

Je saute hors de mon lit et me rue dans le couloir. Je frappe aux chambres de Charlotte et Étienne. J'ai oublié que je ne portais jamais de pyjama et que je suis en slip, j'essaie de murmurer : « Il a répondu ! », mais je croasse piteusement. Néanmoins, Charlotte sort, impeccable dans un kimono de soie bleue. Nous interpellons Étienne, qui dort visiblement et finit par nous ouvrir, hirsute et défoncé.

Quelques instants plus tard, dans un état proche de la panique, nous sommes assis sur mon lit. Je leur lis le message de « Flaubert ». Silence. Étienne, dans un pyjama Snoopy serre les poings. Charlotte ne dit rien. Ses mâchoires sont crispées. Je suis étrangement calme, et les phrases de son texto résonnent dans mon cerveau avec force. « Tuez-moi si vous voulez, mais vous êtes bien trop sensible pour le faire », mais qui est ce type pour parler de moi ainsi ?

— Ça y est… On va le connaître. (C'est Étienne qui rompt le premier notre engourdissement) Je suis impressionné par ce qu'il écrit. On dirait qu'il souffre…

— Étienne, permettez-moi de ne pas compatir… Ce salopard a froidement exécuté Adèle. S'il pleurniche aujourd'hui parce qu'elle n'est plus là, c'est fort de bouchon, non ?

Je tremble de rage et de tristesse.

— Ce n'est pas ce que je voulais dire, reprend Nounours… Mais je m'attendais à un monstre…

— Il l'est, Étienne, croyez-le. Mais pas comme on les imagine. Ce ne sont pas des ogres de contes, ce sont des êtres doubles et souvent bien insérés dans la société.

Charlotte me semble très affectée, une tension inhabituelle brise sa voix.

— Nous allons certainement trouver un type banal, sans signe distinctif. Terne, peut-être… Mais à un moment donné, il a été capable de tuer Adèle, simplement parce qu'elle lui résistait. Au fond de lui, il lui manque une part importante de ce qui fait notre humanité : la compassion, le respect de la vie…

— Autre chose m'étonne, dis-je, fébrile. Il a écrit : « Vous me reconnaîtrez ». Comment entendez-vous cela ? On le connaît ?

— J'avoue que je ne comprends pas, répond Étienne. L'aurait-on déjà croisé ? Et tous les trois ?

— Quand, il dit « vous », il ne s'adresse, peut-être, qu'à Germain.

Charlotte semble noyée, elle aussi, dans la perplexité. J'en suis d'autant plus touché qu'elle n'est jamais ainsi habituellement. Il faut admettre que recevoir un texto de l'assassin de sa femme ou, en l'occurrence de sa belle-sœur, n'est sans doute pas ce qu'on pourrait appeler une situation quotidienne.

— Peut-être qu'en écrivant cela, il pensait juste qu'on l'identifierait sans problème…

Étienne, avec Snoopy dormant sur le toit de sa niche, en haut de son pyjama, a un air si pitoyable qu'il en est attendrissant.

— Et comment l'identifiera-t-on sans problème ? Vous avez une idée de ce à quoi il ressemble ?

C'est Charlotte qui semble parler avec l'énergie du désespoir.

— C'est un faux problème, ma sœur. Je ne pense pas qu'à cette heure-là, il y aura foule à Croisset, dans ce petit jardin… Et je suis prêt à demander au moindre clampin de me décliner son identité. En plus… Il est au courant que nous sommes trois désormais. Alors que jusque-là, il paraissait savoir que nous n'étions que deux.

— Il nous a donc vus…

À cette évidence énoncée par une Madame Butterfly en déroute, je frissonne comme si ma chambre était devenue un morceau de banquise. Machin serre encore ses poings avec force.

— Ou il a un complice qui le renseigne… (C'est toujours Charlotte-légionnaire-en-débâcle qui parle) Une femme ou un homme qui se contentent de nous suivre de loin et qui lui ont dit que j'étais arrivée par le train. Il a peut-être engagé un détective privé…

— De toute façon, pour l'instant, nous n'en saurons pas plus… Nous ne pouvons que spéculer, dis-je. En tout cas, il nous faut envisager la journée de demain… Nous ne pouvons pas la passer à attendre les bras ballants. Que faire ?

Je propose de visiter ce que nous avions prévu. On n'a ainsi pas à réfléchir, on suit notre plan. Cela nous occupera. Charlotte reprend du poil de la bête, et Napoléon s'exprime à nouveau de sous un drapeau en berne.

Nounours n'émet plus. Entre sa cuite et le texto, il ne sort plus d'hibernation. Il semble naze.

— Et…, continue Wellington surgi de ses cendres, que va-t-on lui dire ?

— Je veux plus faire que dire, même s'il a l'air de mettre ma prétendue sensibilité en avant. Et d'ailleurs, je ne sais d'où il tient cette foutue information me concernant…

— Elle est plutôt exacte, répond ma sœur, mais, là n'est pas la question. Il peut avoir sorti ce détail en se racontant qu'il avait des chances de tomber juste, même s'il n'en savait rien… Un peu comme les voyantes qui te balancent que tu as traversé beaucoup de malheurs. Statistiquement, il y a peu de risques qu'elles se trompent. On est tous plus ou moins doués de sensibilité ! Mais… que veux-tu « faire »… ?

— Lui sauter à la gorge et l'étrangler.

— Non !

Le cri de Charlotte sort momentanément Nounours de sa tanière. Il sursaute, Snoopy aussi. Il est plus hébété que jamais. Ma sœur se lance dans un discours vibrant :

— D'abord, tu ne l'exécuteras pas, parce que nous avons besoin d'informations, d'aveux et de réponses.

— Je le ferai après…

— Pas d'avantage. Parce que tuer quelqu'un s'appelle un meurtre, fut-il l'assassin de ta femme. Je ne tiens pas à témoigner d'un acte de barbarie ni à venir te voir en prison pour organiser ta défense. Tu m'entends ?

— Non…

— Si ! Tu m'entends ! Tu ne le feras pas. Mais je te jure que nous le traînerons en justice. N'est-ce pas, Étienne ? Parlez, nom de Dieu !

Étienne, effaré, bêle plus qu'il ne parle et produit une suite de sons inintelligibles. Il se reprend et lâche :

— Absolument, Charlotte ! On ne peut pas l'exécuter… C'est… immoral…

Je ricane devant la définition de la vengeance que me file Étienne.

— Tout est immoral dans cette histoire ! éructé-je, ivre de rage. Que vous vous tapiez ma femme, que ce type l'ait harcelée, puis qu'il l'ait tuée comme un salopard qu'il est. Alors, vous n'allez pas me donner des leçons d'éthique, non ?

Étienne baisse la tête. Charlotte me prend la main :

— Germain… Rassure-toi. Nous y serons. Je t'empêcherai de faire une bêtise qui ne t'apporterait rien d'autre que de terribles ennuis. Oui, dans cette aventure, rien ne tient normalement debout. Mais tu ne vas pas rajouter du malheur là où la dose a été déjà dépassée. Sa mort ne ressuscitera pas Adèle. Je sais ce que tu ressens, et combien mes phrases peuvent te sembler creuses. Mais… mon frère… je tiens à toi. Depuis que nous sommes enfants, tu es… une espèce de phare pour moi. Je ne supporterai pas de te savoir un meurtrier. Même si tu veux te penser en justicier vengeur…

Charlotte pleure. Ses mains pétrissent les miennes. Étienne nous regarde peut-être sans comprendre, et moi, je sanglote. Sur tout. Sur la mort d'Adèle, sur l'amour de Charlotte, dont je découvre la force aujourd'hui. Nous reniflons en cœur un long moment. Nounours, qui a repéré sur la tablette de chevet un paquet de mouchoirs, nous l'apporte délicatement. On se mouche, on s'essuie les yeux. Le trouble est si fort qu'il en est presque palpable. Enfin, Étienne rompt l'émotion qui nous submerge, timidement :

— Charlotte et Germain… Quelle chance vous avez de vous avoir… Ne la gâchez pas, Germain… Et puis, nous aurons des questions à lui poser… Peut-être pourrons-nous enregistrer ses réponses sur nos téléphones…

— Cela n'aura pas valeur de preuves, ajoute presque machinalement Charlotte. Mais vous avez raison, Étienne. Je le ferai. Déjà, nous lui demanderons qui il est. Comment est-il entré en rapport avec Adèle. S'il la fréquentait depuis longtemps…

— Oui ! Étienne se ranime. S'il l'aimait ? Pourquoi l'a-t-il tuée ?

— Voilà… Et pourquoi a-t-il éprouvé le besoin de se faire connaître de nous, alors qu'il aurait pu couler des jours insouciants à jamais…

Je suis fracassé. Brisé. À mon tour d'hiberner, dans un drôle d'état second où j'entends de plus en plus lointains, Étienne et ma sœur imaginer la scène à venir. Charlotte me caresse la joue en souriant.

— Nous allons dormir, Ger. Il est déjà très tard. On pourrait peut-être se laisser jusqu'à neuf heures demain matin ? Après tout, on a le temps…

J'aperçois Étienne et ma sœur quitter la chambre, tandis que je m'allonge. Je sombre aussitôt dans quelque chose qui ressemble à un néant.

4 – Sombre dimanche

Je me réveille tôt. Le jour se lève à peine. J'ouvre le téléphone d'Adèle. Mais aucun autre texto n'est arrivé. J'éprouve un léger soulagement. J'ai envie de calme, de douceur. Mais rien de ce qui va nous advenir n'y ressemble. Il me faut juste appréhender une attente qui se fera de plus en plus lourde au long de la journée. J'hésite à me lever, comme si le fait d'être encore couché maintenait le temps en suspens. Je prends « Kif ».

Mais, très vite, je me sens incapable de comprendre la moindre phrase. « Flaubert » domine mes pensées, erre entre les lignes du bouquin. Qui est-il ? Comment est-il ? Un vieillard érudit et pervers ou un individu jeune, dépourvu de toute humanité ? Ou rien de tout cela… Un pauvre mec ayant fermenté des idées ignobles, convaincu du droit de posséder ma femme jusqu'à la mort ?

Adèle… Nous allons bientôt être fixés. Et toi, et moi. Car peut-être que toi non plus tu ne l'avais jamais vu. Juste une voix au téléphone, qui te guidait et qui t'a peut-être épouvantée dans les dernières heures… Mon amour… Je te promets que je te vengerai. Je ne laisserai pas repartir cette ordure qui a brisé ta vie et la mienne.

Nous avions tant de choses encore à vivre… Des soirées où nous corrigions chacun à notre bureau, où je me levais parfois pour t'embrasser, où tu faisais semblant de t'offusquer parce que j'allais te déconcentrer… Les départs en vacances où tu remplissais le coffre de la voiture, toujours au dernier moment, d'objets aussi indispensables « à notre survie » que ridicules… Avec tes écharpes colorées, un peu ton image de marque… Tes élèves ne t'avaient-ils pas surnommée « L'écharpée belle » ? Ma foi… Ils ne manquaient ni d'humour ni du sens de la formule. Et belle, tu l'étais… Pas d'une manière conventionnelle. Non… Mais sans doute par l'adéquation entre ta simplicité profonde et ton apparence, un mélange d'aisance et de spontanéité, une pointe de candeur, et un énorme potentiel à rester toi-même en toutes circonstances. Des cheveux lâchés ou en queue-de-cheval nouée à la va-vite, un regard souvent passionné, toujours vivant, des mains virevoltantes…

On frappe à la porte, on murmure : « C'est Charlotte… » J'ouvre à ma sœur, coiffée, habillée, maquillée…

— C'est l'heure ? dis-je, en me recouchant.

— Non ! Je n'arrivais pas à dormir. Je me suis donc préparée, puis j'ai pensé que tu devais être dans le même état que moi et j'ai décidé de te rejoindre.

Elle s'assoit sans façon au bord de mon lit. Elle ébouriffe ses mèches. Et reprend :

— Je réfléchis depuis ce matin très tôt, nous allons avoir une dure journée. On va tenter de la vivre le plus naturellement qu'il soit, non ?

— Je crois que tu rêves, ma sœur. Nous essaierons juste de la passer le plus dignement possible, sans panique ni tension trop vives. Demeurons réalistes et n'oublions pas que nous avons rendez-vous avec l'assassin d'Adèle. Ça ne nous rend pas particulièrement sereins… Moi, je me sens dévoré intérieurement, mais ne t'inquiète pas, je vais rester lucide et convenable. Je ne vais pas appeler au meurtre toutes les secondes…

— Tu as renoncé à ton projet de vengeance, Germain ?

— C'est pour ça que tu es là ce matin, non ? Pour t'assurer que ton frère ne commettra pas de crime… Je ne peux pas te répondre. Mon bon sens me dit de ne pas le faire. Mais comment vais-je supporter de voir ce type ? Et surtout d'entendre ses justifications ?

— Elles seront mauvaises, de toute façon… Il n'y a pas de bonnes raisons d'assassiner quelqu'un. Tu rentreras juste dans la logique d'un fou, à mon avis…

— Et ça devrait suffire pour que je n'aie pas envie de l'étrangler ?

— Si tu envisages de le faire, demande-toi simplement ce qu'en aurait pensé Adèle. Si elle aurait aimé cette vengeance somme toute machiste…

— Machiste ?!

— Oui ! Tu te fais le brave mari vengeant sa pauvre femme tuée par un dingue. Je suis sûre que ça, elle ne l'aurait pas voulu. Seule la légalité nous permet de rester en dehors de tout parti pris. Je crois à la justice. Pas naïvement, je t'arrête avant que tu ne me fasses observer qu'elle a des failles énormes. Oui… Mais moins que de se faire justice soi-même, avec la somme de subjectivité, d'émotionnel que nous représentons… Tu me suis ? Si tu es certain, toi, Germain Hérelier, que tu as le droit de supprimer la vie de quelqu'un d'autre parce qu'il est sûrement responsable de la mort de ta femme, alors, fais-le. Mais tu te trompes. Et tu ne vivras pas mieux pour autant.

Je ne réponds pas. Les mots de Charlotte frappent ma cervelle et la martèlent. Elle est un forgeron cérébral de premier ordre. Je vais me doucher et m'habiller. Quand je reviens, elle n'est plus là, elle est probablement allée dans sa chambre boucler son petit bagage. Il est bientôt l'heure de nous retrouver. Charlotte et Étienne sont dans l'entrée et échangent des banalités. Nous sortons. Nous convenons d'aller déjeuner au centre de Rouen avant de visiter le musée de la médecine. Charlotte prend le volant, Nounours se cale au fond de la banquette arrière en posture je-me-fais-trimballer-à-la-sortie-du-pensionnat, mais je le sens comme nous tous, tendu à l'extrême. Le duffle-coat me semble bon à jeter. Peut-être le fera-t-il à la fin de notre périple.

Un quart d'heure de silence épais et lourd plus tard, nous débarquons, non loin de la cathédrale. Charlotte se gare avec maestria dans un parking souterrain, avec un grand crissement de pneus.

Sur la place, non loin du mémorial de Jeanne d'Arc, dans une rue adjacente, nous repérons un troquet. Façade colorée, recommandé par le « Routard ». Quatre tables meublent une terrasse pour les optimistes ou les Inuits, tant la température de ce matin est fraîche. Nous entrons dans une petite salle agrandie par des miroirs. Un zinc, avec quelques habitués, des corbeilles de croissants et l'odeur dominante de café. Une jeune fille transie sirote son crème dans une grande tasse, probablement une étudiante, avec une masse de feuillets devant elle. Deux hommes en manteaux sombres discutent en utilisant des termes commerciaux.

Mon cerveau, sûrement dopé à l'adrénaline et à la nuit écourtée enregistre tous les éléments du décor avec une acuité athlétique.

Nous nous assoyons. Machin suspend sa guenille avec soin au dos de sa chaise. Charlotte garde son imperméable rouge. Elle a froid. Nous commandons le petit déjeuner à un sympathique septuagénaire qui nous précise qu'il seconde son fils qui arrivera plus tard. J'entends plus ou moins parler d'un gosse à emmener à la crèche et d'une belle-fille infirmière et déjà au turbin. Charlotte est la seule capable de faire semblant de s'intéresser. Je crois que le type, en verve, nous demande si nous faisons du tourisme, et ma sœur lui répond que nous accomplissons, en effet, un circuit sur les pas de Flaubert. Reste à savoir si c'est vraiment Gustave que nous poursuivons, mais je garde ma remarque pour moi. L'aimable patron par intérim part chercher notre commande. Nounours est pâle et défait et je sais que nous sommes tous les trois dans le même état. Je décide de briser le silence, pour ne pas nous laisser enfoncer dans la mouise :

— Nous sommes loin du musée de la médecine ? J'ai l'impression de proférer une ânerie majeure, ou en tout cas de poser une question burlesque. Néanmoins, elle fait baisser la tension d'un cran, et Machin répond :

— Non ! À dix minutes à pied…

— Qu'est-ce que vous savez, Étienne, avec précision, sur ce musée ? embraye Charlotte, qui ne veut pas non plus être en reste dans l'art de dériver élégamment. Je crois comprendre que vous avez préparé le voyage avec soin !

Nounours sort un papier plié en quatre d'une des poches de la défroque et, après l'avoir brièvement parcouru du regard, énonce :

— « Musée à double vocation médicale et littéraire, installé dans l'ancien logis du chirurgien-chef de l'Hôtel-Dieu de Rouen. Gustave Flaubert est né dans cette maison le 12 décembre 1821 et y a vécu 25 ans, car son père était chirurgien. Onze salles sont ouvertes aux visiteurs, dont la chambre natale de l'écrivain, un cabinet de curiosités, une apothicairerie, un espace sur la naissance et la petite enfance. Les collections sont très variées et regroupent différents domaines : médecine-chirurgie, beaux-arts (peinture, sculptures, mobilier), ethnologie, pharmacie, art dentaire. Certains objets sont uniques comme un lit d'hospitalisation à six places, un perchoir à sangsues, ou encore le mannequin d'accouchement de Madame du Coudray, pièce exceptionnelle déposée à Rouen en 1778. Un jardin de plantes médicinales étiquetées, regroupées par thématiques (panacées, diurétiques, maux des femmes… etc.) est le prolongement de… »

— Tout ça paraît intéressant, pépie Charlotte qui a décidé d'être dynamique et de très bonne volonté.

— J'avoue que le perchoir à sangsues me galvanise, dis-je un brin amer, et je ne vous parle même pas du mannequin d'accouchement !

Devant le regard courroucé de Charlotte, je continue :

— Mais je vais m'enthousiasmer ! D'une certaine manière, tout est affaire de volonté, non ? Et puis, que faire d'autre ?

Charlotte hoche la tête tandis que Nounours rajoute :

— Et nous avons de la chance…

— Ça, c'est sûr, on est, je suis véritablement chanceux !

Je sens l'anxiété, comme une vieille bête, farfouiller dans les profondeurs de mes bas instincts.

Étienne rougit comme une rosière et poursuit bravement :

— Le musée est ouvert hors saison les samedis et dimanches…

— Bien, approuve la cheftaine Charlotte. Étienne, vous êtes providentiel. Germain, ce serait sympathique de ne pas nous accabler de ta mauvaise humeur, car, je te rappelle que nous sommes AUSSI angoissés que toi. S'il nous faut, EN PLUS, te subir, nous n'y arriverons pas.

Je me sens tancé comme un collégien par son professeur principal. En même temps, je comprends qu'elle a raison, une fois de plus. Pourquoi suis-je si pleinement crétin ? Adèle ? Tu le sais, toi ? Ma mère ne m'a pas particulièrement couvé, j'ai franchi depuis longtemps mon Œdipe, à supposer que j'en aie eu un, j'ai eu une scolarité normale, à part une quatrième laborieuse et acnéique où j'ai failli redoubler, j'ai des amis fidèles…

Mais non ! Au fond de moi, il y a un gisement de puérilité aiguë aussi riche que le pétrole dans les pays du Golfe. Chaque fois que je crois que je l'ai dépassé, je creuse pour trouver une veine enfantine plus profonde. Ça doit venir de ma position du milieu. On dit…

— Germain, tu nous entends, là ? Charlotte me regarde attentivement.

— Pas vraiment ! Mais je vais faire un effort…

J'agite le drapeau blanc de la reddition, ma bouche se tord dans un rictus qui se veut un sourire.

— Bien ! Nous partons pour le musée, apparemment, il est au bout de cette rue, en face de nous. Wellington prend la tête de l'expédition, Machin serre son duffle-coat autour de ses bourrelets. Je les suis.

5 – « Optimiste : équivalent d'imbécile »

Quelques minutes de silence plus loin, nous sommes devant le musée. Une bâtisse élégante en pierres blanches avec un rectangle de façade en briques rouges et un large portail. L'ensemble a des allures d'hôtel particulier. Une plaque annonce : « Ici naquit Gustave Flaubert, le 12 décembre 1821 ». Un des battants de la porte, en bois clair, est entrouvert. Nous entrons dans une cour intérieure, plantée d'arbres, qui, protégés par les murs de l'édifice, sont en train de développer un brouillard vert de feuilles naissantes. Un calme de cloître à peine troublé par quelques visiteurs. Des plantes médicinales, si j'en crois des étiquettes de bois, forment un jardin pharmaceutique qui m'aurait intéressé en d'autres temps. Charlotte et Machin arpentent méticuleusement les allées bien ordonnées. Je les vois échanger quelques mots devant une très jeune touffe de valériane. J'admire leur capacité à contrôler leurs émotions. Je regarde fixement ce que je pense être un araucaria, avec autant d'enthousiasme qu'une tranche de foie de veau. J'essaie de convoquer quelques souvenirs agréables, mais les rouages de ma mémoire grincent.

Adèle, que vais-je faire quand je serai devant ton meurtrier ? J'ai l'impression de ressasser cette même question depuis des heures. Tu n'aimerais sans doute pas que je le tue. Et d'abord, comment l'assassiner ? Ce n'est pas dans mes habitudes. Tu sais que je capturais les mouches pour ne pas les écraser et que je les relâchais dehors. Que je ne voulais pas te voir écrabouiller une araignée avec des glapissements hystériques. Que je déteste les films violents. Je peux être acerbe, cynique, piquant. Mais brutal, non…

Encore que j'aie déjà giflé ton amant… Bon, j'avais de quoi être énervé d'apprendre que tu t'étais tapé ce type. En plus, il débarquait chez nous la bouche en cœur, avec son duffle-coat miteux…

Remarque, mon trésor, je me suis finalement attaché au bonhomme. Si tu n'étais pas morte, on aurait fait ménage à trois… Je dis n'importe quoi ! Parce que si tu n'étais pas morte, je n'aurais probablement rien su de son existence… À moins que tu ne me l'aies avoué un de ces quatre : « Ger, j'ai un amant ! Mais ne te fais pas de souci, c'est juste comme ça, un petit pas de côté ! » Je crois que je suis en train de délirer, mais sans fièvre. Mon cerveau refuse tout enchaînement intelligent de pensées.

Heureusement que Charlotte me fait de grands signes, à côté d'un résineux qui ressemble à une vieille perruque.

— Germain ! Viens nous rejoindre, on rentre dans le musée !

— J'arrive !

L'intérieur alterne souvenirs de Gustave Flaubert et reconstitution de l'hôpital dans lequel exerçait son père. De vastes salles blanches sont tapissées de vitrines pleines d'instruments anciens de chirurgie. Je devrais voler un bistouri ou un scalpel pour trancher les veines de l'« Autre ». Sur des contremarches d'escaliers en dalles rouges, des citations. Je ne me demande même plus de qui elles doivent être et je note : « *Optimiste : équivalent d'imbécile.* » Je suis tout à fait d'accord avec lui. Bien parlé, Gustave. T'avais vraiment l'humour désespéré ! Je dois donc être particulièrement intelligent avec mon « pessimisme crasse »… Proche du génie, même.

Charlotte et Machin m'attendent pour me faire admirer une drôle de chaise d'examen. À côté d'elle, le fauteuil de mon dentiste est facétieux et riant. Je commente… Vas-y, Germain, donne toute la gomme au lieu de soliloquer comme un imbécile ! Nounours lit toutes les explications avec un zèle touchant.

Nous visitons les appartements des Flaubert. Un confort simple. Des portraits de famille. Adèle aurait aimé ce lieu. Des parquets brillants, beaucoup de lumière.

Plus loin, un minuscule département d'obstétrique plein de squelettes de fœtus, d'instruments baroques ou effrayants, et le fameux mannequin d'accouchement cité par Nounours. Je papillonne, un sourire figé sur mes lèvres, jouant, plutôt mal que bien, au touriste averti, avide de savoir.

Près de moi, deux petits garçons, à peine moins concentrés que moi, se poursuivent en faisant crisser les chaussures sur le plancher ciré. Leurs parents, probablement ce couple de trentenaires plein de gravité, font semblant de ne pas les voir. Finalement, les deux loustics se font rembarrer par un gardien en tournoyant autour d'un buste et vont demander en braillant l'heure du repas aux austères, dont la récréation est finie. Le père, lunettes d'écaille et caban bleu marine, leur tient un discours à voix basse qui a l'air de ne produire aucun effet sur les deux vibrions. La mère, excédée par le peu d'aptitude à la culture de ses rejetons, sonne la retraite vers le jardin.

J'erre encore de salle en salle, je retrouve Charlotte dans ce qui fut une salle commune de l'hôpital ancien.

— Je pensais trouver des lieux plus sordides, plus sombres… Finalement, il semblait y régner ordre et propreté…

— Peut-être parce que nous revoyons tout sous l'angle d'une reconstitution, sans malades, sans cris, sans plaies et sans odeurs… J'essaie de rester calme et « positif ».

— Tu as sans doute raison. Je n'avais pas pensé à cet aspect-là ! Sais-tu où est Étienne ?

Nous regardons autour de nous. Le musée est plus ou moins vide, car nous approchons de l'heure du repas de midi. Nous sortons dans le jardin. Nounours est assis sur un banc. Il serre de ses deux mains son haillon autour de son cou. Il est pâle. Le pauvre diable n'en peut sûrement plus de traîner son angoisse au milieu d'instruments chirurgicaux bizarres. Il est comme moi. Vidé de toute énergie comme si l'attente nous consumait de l'intérieur. Seule ma sœur semble garder une petite réserve de détermination pour nous proposer d'aller manger. Nous sortons. Il bruine légèrement, juste assez pour faire luire les pavés gris du centre historique.

6 – « Un cœur est une richesse qui ne se vend pas, qui ne s'achète pas, mais qui se donne »[23]

Je propose d'inviter mes deux comparses dans un petit restaurant sur les quais de la Seine : « Aux délices d'Emma ». Je n'en peux plus de Flaubert, de Madame Bovary, de Jeanne d'Arc, de « l'Autre » qui nous attend, tapi dans on ne sait quel univers de malade. Mais je pousse la porte et entre, suivi de Charlotte et Machin. Faut croire que ladite Emma aime le mauve et le vert, car tout à l'intérieur utilise ces deux couleurs : nappes, serviettes, assiettes, bouquets… Je ne commente rien, puisque étant donné mon état d'esprit, je me sens capable de dire n'importe quoi. La patronne, entre deux âges, surmontée d'un impressionnant chignon crêpé, nous fait asseoir avec force sourires à une table enjuponnée de violet. Même rituel de Nounours pour sauvegarder sa défroque d'une quelconque et très hypothétique perdition : il la suspend avec beaucoup de soins à un portemanteau vert cérusé. Et curieusement il énonce :

— Je fais attention de ne pas trop solliciter mon duffle-coat… C'est ma grand-mère qui me l'a offert et j'aurais beaucoup aimé le faire durer !

— Ah…

Je suis sans commentaire, voire sans voix devant tant d'ingénuité et d'innocence. Se rend-il compte que le cadeau de Mamy n'est plus qu'une guenille informe ? Comme s'il m'avait entendu penser tout haut, Étienne reprend en s'assoyant :

— Elle me l'a acheté, j'avais quatorze ans…

— Vous avez quel âge, Étienne ? Si ce n'est pas indiscret, demande Charlotte, que je sens frémissante de curiosité devant le duffle-coat.

---

[23] Flaubert, *Lettre à Ernest Chevalier*.

— Trente-cinq ans… Il a vingt et un ans, ajoute-t-il avec un sourire à faire fondre un pitbull. Je l'ai préservé du mieux que j'ai pu et ma mère me l'a déjà réparé plusieurs fois ! Je crois qu'il va falloir qu'elle le révise à nouveau !

— C'est un monument, Étienne ! Un chef-d'œuvre en péril ! Un témoignage du passé ! Ce type me rend presque lyrique. Au moins, il a détendu l'atmosphère. Votre grand-mère ne vous a pas fait ce cadeau en vain…

Étienne rougit de bonheur et précise :

— Elle est décédée à ce jour ! Ce qui fait que je suis encore plus attaché à ce vêtement. Je me rappelle que je l'avais choisi avec elle, dans une boutique près d'Alésia. C'était sans doute la première fois que je pouvais donner mon avis… Mes parents m'ont beaucoup entouré, mais ils ne m'ont pas laissé beaucoup d'autonomie !

Charlotte regarde Nounours, complètement attendrie. Je vais finir par comprendre pourquoi Adèle avait pu s'intéresser à lui. Il devait exciter la fibre maternelle que je n'avais pas réussi à combler avec ma puérilité galopante.

Curieux qu'Adèle se soit toujours préoccupée de types immatures… En même temps, elle ne voulait pas d'enfant. Peut-être et sans doute que le paradoxe n'était qu'apparent. C'est souvent…

— Qu'est-ce que vous prendrez, Messieurs-Dame ? Chignon crêpé est là, tout sourire, le calepin brandi, pour noter notre commande. Je compulse à la va-vite la carte et choisis une assiette normande : fromages, douillon aux pommes. Ma sœur s'emballe pour une vaste salade et Machin pour une tarte au camembert avec une étuvée d'endives aux pommes. Nous rajoutons un muscadet, histoire de nous griser légèrement pour affronter la fin d'après-midi.

Nous restons un instant en silence. Charlotte s'agite, comme si elle ne voulait pas le laisser s'installer et démarre :

— Quand tout cela sera fini, Étienne, vous viendrez à la maison ! Je vous ferai une de mes spécialités : la blanquette de veau au citron. Un délice…

— J'aurais peur de troubler l'équilibre familial…, balbutie Nounours, visiblement ému.

— Nous ne raconterons pas nécessairement l'alpha et l'oméga de votre présence ! N'est-ce pas, Germain ?

— Certainement pas ! Gilles a beau être ouvert, ça risquerait de coincer quelque part… Nous dirons que vous étiez un ami d'Adèle et moi. On n'est pas loin de la vérité en ce qui me concerne.

Me voilà en train de faire une déclaration d'amour à l'amant de ma femme. J'ai un grand fou rire intérieur en observant l'avancée de la situation, mais je reste digne, tandis que Nounours me regarde comme Bernadette Soubirous avait dû regarder la Vierge. Charlotte sourit devant tant d'œcuménisme. Ma largeur d'esprit vient de prendre une dimension sidérale.

— Germain, répond Machin d'une voix enrouée, je n'oublierai pas ce que vous êtes en train de me dire. Je suis plus que touché… Je suis anéanti…

— Calmez-vous, mon vieux ! L'amitié, ce n'est pas la mer à boire… Ça montre juste qu'on peut avoir de l'estime, et même de l'affection pour un de ses semblables, quel que soit le mauvais départ qu'on ait pu prendre !

— Vous ne pouvez pas comprendre… Tant de solitude, tant de repliement, et trouver finalement des esprits généreux, je ne croyais pas cela possible…

Étienne est livide. Proche de l'évanouissement.

— Haut les cœurs, dit Charlotte-Wellington, tandis que la patronne arrive, chargée de notre commande. Mangeons pour fêter ce grand moment de fraternité.

Pendant un instant on n'entend plus que le bruit des fourchettes sur les assiettes violettes. Malgré ma situation de délabrement intérieur, je trouve les fromages délicieux, voire sublimes. Je dois être dans un état second, une sorte de transe hystérique qui me fait aimer sans condition les fromages normands, l'amant de ma femme, ma sœur, et les gens qui m'entourent. Et pourtant, il me faut une sacrée dose de désarroi pour considérer avec tendresse le couple qui mange sans se parler à côté de nous. Il suçote une aile de poulet avec un bruit dégoûtant sous le regard désolé de son épouse. Elle porte une bague étincelante à sa main droite, ses cheveux hésitent entre le rouge et le brun, sans arriver à se décider. Un double menton tremblote sous ses lèvres minces, tandis qu'il continue à crachoter, innocent ou provocateur.

Étienne a découpé sa tarte en rondelles plus ou moins parfaites. Il a entouré chacune de feuilles d'endives et avale méthodiquement les portions ainsi constituées.

Ma curiosité et le désir de ne pas laisser de trop gros temps de silence me font demander :

— Dites, Étienne, vous avez métamorphosé votre assiette en quoi ?

— Ce sont des cercles magiques. Seuls, on ne peut pas les ingérer, ils se transformeraient et disparaîtraient. Aussi, je dois les entourer de verdure pour pouvoir m'en nourrir.

Charlotte s'étonne :

— C'est un peu angoissant, non ?

— Oui ! Mais j'ai l'habitude…

L'atmosphère s'est imperceptiblement alourdie. J'attaque mon douillon, qui se révèle moelleux et délicat. Madame Butterfly n'arrive plus à sourire. J'ajoute avec l'énergie du désespoir :

— Prenez un dessert ! C'est sans doute notre dernier repas normand…

Emma nous propose une assiette de délices rouennaises : Larmes de Jeanne d'Arc, Cadran du Gros horloge, Pavés du vieux marché…

— Tu crois qu'elle se nomme Emma ? reprend Charlotte.

— On ne sait plus qui est qui. Elle aurait pu se nommer Jeanne… Et elle a une tête à s'appeler Thérèse…

J'ai conscience que je dis n'importe quoi, mais tout est bon pour meubler la conversation qui languit. Étienne est transparent au milieu de ses cercles magiques et ma sœur flanche. Je me dois d'assurer l'animation de cette fin épuisante de repas. J'ai l'impression d'avoir mis un nez rouge pour amuser des enfants qui se contrefoutent de ma prestation minable. Néanmoins, je poursuis :

— J'ai envie de le lui demander !

Chignon arrive pour prendre commande du dessert et tandis que son sourire brille avec insolence, je lance :

— Votre restaurant s'appelle « Aux délices d'Emma ». C'est votre prénom ?

— Non ! répond-elle sans quitter son rictus. C'est rapport à Flaubert et à Madame Bovary. Vous connaissez ?

— Oui ! dit Charlotte, qui se réveille. Nous sommes même en train de faire un voyage en famille sur les traces de l'écrivain.

— Notre ville est très riche en souvenir de lui. Sinon, dit-elle en se tournant vers moi, je m'appelle Brigitte ! J'aperçois comme dans un cauchemar sa dentition, son sourire devient carnassier.

— Nous prendrons trois assortiments de délices rouennaises !

Je crois que je trouve le moyen de rougir comme la pucelle d'Orléans devant une remarque un peu leste de Gilles de Rai. Je me sens partir en quenouille.

La patronne est allée chercher nos assiettes, le chignon conquérant. Charlotte glousse.

— Tu as un ticket, mon frère !

Je marmonne une insanité, tandis qu'Étienne froisse nerveusement sa serviette verte. Il semble bouleversé par nos proclamations amicales. Peu de temps après, les desserts arrivent, portés par une Brigitte roucoulante. Il s'agit de spécialités chocolatières, uniques au monde, créées par un ami de son mari, maître chocolatier à Rouen depuis la fin du XIXe siècle.

— Mais il a quel âge ? dis-je dans une sorte de dialogue à la Ionesco.

Brigitte pouffe comme une collégienne prépubère :

— Vous êtes très drôle, vous ! J'aime les hommes qui me font rire ! En fait, je me suis mal exprimée… Je voulais dire que sa famille est une famille de chocolatiers depuis le XIXe siècle. Lui, le dernier, notre ami, est un vrai maître dans la matière. On vient de loin pour déguster ses spécialités !

Heureusement que le couple à côté de nous l'appelle pour régler sa note, je sens que Brigitte est capable de se jeter sur moi et de m'avaler tout cru. Charlotte ricane.

Étienne, qui se tait toujours, me semble à nouveau pompette, car ses joues ont viré au rouge vif.

— Que fait-on, cet après-midi ?

C'est ma sœur dont je mesure, par cette question angoissée, le profond désarroi.

— Il est 14 h 30 environ… Il nous reste quatre heures à attendre…

— J'aimerais beaucoup voir Étretat…

C'est Étienne qui, sorti des brumes de l'alcool et de l'anxiété, nous fait cette requête timide.

— Nous en sommes loin ? demande Charlotte.

Je pianote sur mon téléphone à la recherche de l'itinéraire. Quelques instants plus tard, ce dernier s'affiche :

— À une heure environ d'ici ! C'est jouable…

Étienne me regarde avec gratitude. Charlotte ajoute :

— Après tout, pourquoi pas ! Je ne connais pas non plus…

— Bon ! On y va sans tarder, dis-je. Tu conduis, je te guide ?

Charlotte opine. Je me lève pour régler la note, pendant que mes « comparses » se préparent.

Nous partons.

7 – Voir Étretat…

Une heure et des poussières d'autoroute, traçant à travers des prés vert fluorescent, Étienne, blotti contre la portière, sous le duffle-coat à qui je devrais mettre une majuscule, et Charlotte à la conduite, nous arrivons à Étretat.

Cette idée d'aller contempler les fameuses falaises a redonné à ma sœur et moi quelques couleurs, comme si le fait de sortir des pas de Flaubert nous avait momentanément dégagé un petit peu de cerveau vacant. Nous avons discuté de nos parents, Charlotte a exprimé quelques inquiétudes, quant à notre mère et sa propension à oublier son âge, en se lançant en permanence dans des activités effrénées. J'ai rétorqué, de manière attendue, qu'elle était majeure, lucide et vaccinée. Madame Butterfly m'a répondu que l'un n'empêchait pas l'autre. Le débat s'est poursuivi sur plusieurs dizaines de kilomètres pendant lesquels nous avons convoqué toutes les pensées annexes : la liberté de disposer de soi, le couple – mon père, paraît-il, souffre de la situation –, le rôle de la femme, la santé, la mort de nos proches. Nous avons rarement autant approfondi une discussion, sortant plus ou moins de nos joutes habituelles. Comme j'en faisais le constat, Charlotte m'a répondu, non sans malice, que cela tenait à l'évolution que je venais de subir de manière accélérée. J'étais, paraît-il, plus ouvert, moins cynique. J'ai parlé de sa propension à couper et à trancher à laquelle elle avait mis une veilleuse, et nous avons terminé le trajet dans la communion hérélierenne la plus complète.

Nous sortons de l'autoroute, tandis qu'Étienne paraît dormir. Pauvre vieux… L'aventure semble l'avoir épuisé. L'air est léger, le ciel lumineux et nous sentons l'odeur de l'océan. Une route en lacets nous emmène sur un promontoire qui domine la ville et la plage. Nous nous y arrêtons quelques instants.

Nounours sort en s'étirant de la voiture, avec une tête couleur de plâtre ou de cendre. Le vent est fort. Devant nous, une étendue herbeuse, avec des graminées sèches qui ondulent comme une houle. L'océan, que les nuages jaspent d'un camaïeu de teintes gris bleu. Étretat, en bas, largement déployé sur une plage de sable sombre. Au loin, les falaises blanches, des bosquets, un ciel immense. Je tente de respirer amplement, j'ouvre mes bras. Charlotte fait de même, tandis que la forte brise plaque son imperméable rouge sur son corps. Machin est plus pitoyable que jamais, il serre sa loque autour de son cou, ajuste ses lunettes et regarde fixement devant lui.

Je propose :

— Si nous descendions ? On pourrait ensuite marcher sur la plage…

Mes compagnons approuvent. Nous reprenons notre véhicule. La route serpente par des lacets jusqu'à la ville. Étretat évoque une carte postale. Des maisons très coquettes à pans de bois, des jardins soignés, une vieille église et des boutiques de souvenirs, dont beaucoup sont encore fermées. On se gare dans la rue principale et on se dirige vers la grève.

Le bruit des vagues s'intensifie. Le vent chargé de sel nous ébouriffe, Étienne ressemble à une serpillière à franges, ma sœur a le chignon classieux à la dérive ; quant à moi, j'imagine qu'une scarole sombre se tortille sur ma tête. Nous marchons sur un sable gris presque noir. Les milliers de pas qui l'ont arpenté ont dessiné des creux et des bosses qui jouent avec la lumière du soleil.

Habituellement, l'océan m'apaise, m'hypnotise presque. Mais je me sens triste et abattu. Comme si j'avais atteint la fin de quelque chose que je n'identifie pas. Charlotte et Nounours ont l'air d'être plongés dans la même morosité.

Je propose d'aller jusqu'à la porte d'Amont, indiquée par un panneau qui trace la silhouette reconnaissable d'un particularisme géologique dans l'alignement des falaises : une arche se découpe perpendiculaire à la côte, et nous l'apercevons, légèrement embrumée en arrière-plan de la plage.

Nous marchons là où le sable est dur, à la limite des vagues.

Charlotte, après avoir pesté quelques secondes contre ses escarpins, les a enlevés et gambade, les collants humides, comme la gamine qu'elle a été. Il me revient l'image d'une sortie familiale et hivernale au Touquet. Ma sœur avait lâché la main de notre mère, follement excitée par l'océan. Elle portait ce jour-là de petits collants rouges. Mon père l'avait empêchée, au dernier moment, de se jeter dans les vagues, mais ses bottines s'étaient trempées, ainsi que son manteau, dont j'ai oublié la couleur. Charlotte riait, notre mère avait grondé la petite, tandis que Vincent faisait le malin, trouvant le moyen de se mettre du sable dans les cheveux en ratant une roue destinée à nous ébahir…

Je m'approche d'Étienne, dont l'état se délabre et demande :

— Dites, mon vieux, vous êtes déjà allé à l'océan avec vos parents ?

— Leur commerce les a souvent empêchés de prendre de vraies vacances. J'ai une tante du côté de Fréjus, chez qui nous avons séjourné plusieurs fois… Je n'étais jamais parti en Normandie, à part, peut-être, une sortie scolaire ou deux. Et une semaine à Arcachon. Toujours avec mes parents…, ajoute-t-il avec un petit sourire comme pour s'excuser.

— Je n'étais jamais allé à Étretat… Vous avez eu une excellente idée… Je ne veux pas être indiscret, mais vous n'avez pas bonne mine. Bien sûr, je comprends que cette… histoire vous terrasse en quelque sorte, comme nous tous…

— Oui… Comme nous tous. J'avoue être épuisé. Au fond, tout à l'heure, nous allons être délivrés d'une certaine manière. C'est mieux ainsi… On aurait pu s'y prendre autrement… Mais je ne regrette pas d'avoir eu l'occasion de vous connaître…

Machin parle doucement, d'une toute petite voix. Je reconnais moi aussi ma fatigue, et mon souhait d'en finir. Après un moment de silence, Étienne reprend :

— Dites, Germain… Vous désirez toujours le… tuer ?

— Je ne sais pas.

— Je pense comme votre sœur. Adèle ne l'aurait pas voulu.

En quoi suis-je obligé de suivre la supposée volonté posthume d'Adèle ?

Je suis crispé, et mon épuisement se ressent à l'exaspération qui monte en moi trop facilement. Nounours semble la sentir, car il ajoute :

— Je ne veux pas vous donner de conseils et encore moins de leçons… C'est juste que vous êtes quelqu'un que j'estime et que…

— Vieux, ne vous tracassez pas pour moi… La mort d'Adèle a bousillé ma vie, de toute manière.

J'ai les larmes aux yeux. Nounours me fixe, lui aussi, le regard mouillé :

— Non… Vous avez de l'énergie, de la force ! Votre vie ne va pas s'arrêter. Vous avez un métier, une famille qui vous aime.

La voix de Machin se brise.

Charlotte est arrivée près de nous. Elle nous trouve sans doute plus sombres que jamais. Elle nous prend par le bras – ses escarpins dans les poches de l'imperméable lui font une silhouette singulière – et nous entraîne au pied de la falaise qui borne la plage. Devant nous, un chemin escarpé gravit la pente jusqu'au sommet, on distingue de temps à autre une mince rampe de fer pour aborder les moments difficiles.

— On monte ? dit-elle avec un semblant de gaieté.

Je regarde l'heure. Nous pouvons encore le faire. Je me tourne vers Machin, couleur de falaise :

— Vous vous sentez, Étienne, de faire la grimpette ?

— Oui ! La vue doit être belle. Peut-être qu'on apercevra l'aiguille creuse… Depuis que j'ai lu les aventures d'Arsène Lupin, j'ai envie de la contempler !

Nous commençons l'escalade, bien plus facile qu'elle ne nous apparaissait de loin. Les lacets sont nombreux et adoucissent la pente, nous slalomons entre des talus herbeux, battus par un vent de plus en plus violent. Le sol est crayeux, le ciel est d'un bleu presque transparent, avec quelques nuages floconneux et inoffensifs. La lumière joue magnifiquement avec des touffes de graminées. Étienne suit, sans trop de problèmes, nous nous arrêtons de temps à autre pour ne pas le distancer. Charlotte grimpe toujours pieds nus, le chignon en bataille et les joues rosées. Son imperméable flottant comme un étendard, elle est le chevalier engageant sa troupe de pauvres hères en mal d'héroïsme.

Je ne peux m'empêcher de sourire devant la scène que nous devons présenter bien involontairement : une échevelée nimbée de rouge, promenant son allure classieuse, pieds nus, sur une falaise, un rondouillard en duffle-coat épuisé, un faux baroudeur grincheux. Je dois néanmoins m'avouer que nous ne sommes qu'un spectacle à nous-mêmes, la plage est presque déserte, à part une famille s'entraînant maladroitement aux cerfs-volants, et deux sportifs qui courent dans des tenues fluo.

Un quart d'heure d'essoufflement plus tard, nous sommes au sommet. La vue est majestueuse, grandiose. L'océan et le ciel immenses. Le vent brutal.

Étienne, éreinté, s'assoit lourdement dans l'herbe rase. Nous nous installons autour de lui. Le tableau des éléments naturels me fait un temps oublier la tension qui m'habite. Je prends la main de Charlotte. Je suis presque bien. Nous savourons en silence ce moment. Je fixe un nuage qui se déforme à grande vitesse, passant de l'allure d'un flocon de coton à celui de ruban usé. Le soleil est printanier. Je m'allonge sur l'herbe rase et je ferme les yeux. Charlotte s'exclame devant la beauté du paysage, Étienne ne parle pas.

8 – Et mourir ?

Adèle s'approche et me regarde avec un demi-sourire :

— T'en as fait du chemin, Ger ! J'ai toujours su que tu vaincrais tes démons !

— Merde, mon amour ! Je suis à bout. Il me reste à rencontrer ce mec, tu te rappelles ? Ton assassin… Je n'ai aucune disposition de meurtrier, mais je ne peux pas le laisser gentiment repartir, non ? Et ce n'est pas Charlotte qui va le ramener, et encore moins ce pauvre type d'Étienne que l'histoire a plié comme un vieux papier… C'est quand même moi, le plus concerné dans cette aventure !

— Germain… Bien sûr que tu n'es pas un tueur… Qu'au propre comme au figuré tu n'as jamais fait de mal à une mouche !

— Ce n'est pas une mouche, Adèle, c'est un salopard qui nous a définitivement séparés. Un minable qui a dû s'allumer comme une torche devant ton rire de jument !

— T'es pas gentil, Ger…, dit ma femme en hennissant et en me caressant les cheveux.

Puis, inexplicablement, elle se met à crier :

— Germain, Germain ? (Et c'est Charlotte, dont j'aperçois le visage angoissé au-dessus du mien) Tu dors, je crois ! Réveille-toi, l'heure approche, on doit repartir pour Croisset…

Je me redresse péniblement, brisé d'émotions diverses : douceur ambiguë du rêve, appréhension, tristesse. Étienne s'est levé et regarde l'océan gris vert. La lumière se fait moins éclatante, plus veloutée, et la brume se fait plus dense. On distingue néanmoins la silhouette de la porte d'Amont, comme une sentinelle minérale. Au loin, j'aperçois ce que je pense être l'aiguille creuse. Je m'approche de Machin et lui touche le bras :

— Regardez, mon vieux, je crois que c'est l'aiguille creuse, là-bas !

Nounours me fixe, les yeux noyés de larmes.

— Il est trop tard…, bredouille-t-il.

— Non… Il nous faut partir, mais prenez le temps de la contempler ! Et puis, nous y reviendrons ensemble et dans d'autres circonstances. Ne vous en faites pas. On va y arriver.

— Vous ne me comprenez pas, reprend-il. Ce n'est pas la peine d'aller à Croisset.

— Qu'est-ce que vous dites, Étienne ? répond ma sœur d'une voix inquiète devant la confusion qui semble s'installer dans l'esprit de notre comparse.

Machin se replie presque à l'extrême limite de la falaise, le duffle-coat vibrant. Comme nous nous approchons pour l'entourer, il hurle :

— Ne venez pas. Laissez-moi en finir… Reculez.

Charlotte et moi sommes plongés dans la stupeur la plus violente. Le pauvre diable est en train de perdre les pédales. Il nous faut cependant partir, l'heure du rendez-vous fatal arrive.

— Ne faites pas l'enfant, Étienne, on doit être à Croisset pour 18 h 30. Sinon, tout ce que nous avons entrepris depuis des mois n'aura servi à rien.

C'est Charlotte qui tente de le raisonner, mais sa seule réponse est de se rapprocher du bord.

— Laissez-moi parler, dit-il d'une étrange voix brisée. Ce n'est pas la peine d'aller à Croisset. Flaubert… C'est moi.

— Arrêtez, crie Charlotte, vous êtes simplement épuisé par toute cette histoire. C'est bien normal. N'allez pas nous jouer un mélodrame. Et surtout, nous ne pouvons pas manquer le rendez-vous. Venez…

À ce moment-là, Étienne fouille dans les poches du duffle-coat. Il lance vers nous un téléphone. Puis, un autre. J'ai la sensation de tomber. Ma sœur agrippe mon bras. Machin reprend :

— Voilà… Regardez le premier mobile. C'est le mien, celui avec lequel nous avons communiqué. Et l'autre… J'y ai laissé tous les textos. Allez… Lisez…

Je m'approche en tremblant des deux engins.

Je les prends maladroitement. Plus rien ne semble avoir de réalité pour moi. Je m'enfonce dans un mur de coton noir. Je tends le premier appareil à Charlotte. Elle s'en saisit, l'ouvre et après un petit temps de manipulation me montre un journal d'appels dans lequel nous sommes pratiquement les seuls inscrits, avec un numéro intitulé « maison » et, qui doit être celui de ses parents. D'autres numéros figurent dans ses contacts. Avant même que nous ne lui demandions, Étienne reprend :

— « Maison », ce sont mon père et ma mère. Vous pourrez les appeler. Les autres contacts sont des parents qui font partie du réseau de ma clientèle. Regardez encore : vous y verrez Adèle. Mais je l'avais appelée « Félicité ».

J'aperçois en effet le numéro de ma femme avec le surnom.

— Maintenant, épluchez l'autre… Vous y trouverez le dernier SMS, celui où je vous donne rendez-vous à Croisset. Et puis, tous ceux que je vous ai envoyés auparavant. Dans la librairie, vous le voyez ? Je l'avais préparé et je n'ai eu qu'à appuyer discrètement sur la flèche verte, alors que vous étiez occupé à feuilleter un livre…

Je suis anéanti. Charlotte est blême. Ses cheveux fouettent son visage, elle regarde Étienne avec un accablement profond.

— Pourquoi ? finit-elle par demander.

— Pourquoi quoi ? répond le pantin, battu par le vent, qui se dresse entre le gouffre et nous.

— Pourquoi cette comédie depuis le départ ?

— Pas de comédie… seulement Étienne et… Flaubert. Flaubert a tué Adèle, et Étienne l'aimait.

Je rugis :

— Salopard… Vous nous avez roulés dans la farine. Depuis le début, vous avez joué le petit type inoffensif… Vous…

— N'approchez pas, Germain. Ou je vais me jeter, et vous n'apprendrez rien. Maintenant, reculez… Vous et Charlotte. Et écoutez-moi. Après, je ferai ce que j'ai à faire.

Charlotte et moi, transis par l'épouvante, avons abandonné le périmètre autour de celui que je ne sais plus nommer.

Le type, le monstre, nous regarde avec intensité et reprend d'une voix haletante :

— Ne tentez rien, Germain. Asseyez-vous. Vous aussi, Charlotte. J'ai décidé de ce moment il y a peu. Et vous savez pourquoi ? Parce que je me suis mis à vous estimer tous les deux. Plus mes sentiments changeaient vis-à-vis de vous, Germain, et plus mon trouble augmentait. Flaubert vous haïssait et Étienne était jaloux de ce beau garçon dont Adèle était amoureuse. Flaubert s'est mis à détester votre femme, devant l'aveuglement imbécile qu'elle semblait éprouver pour vous… Elle avait tant de possibilités, tant de grandeur… mais non ! Elle restait attachée à son petit prof minable… Alors, le pitoyable Étienne a créé Flaubert. Il s'est nourri de Gustave, il a retenu des centaines de citations, il a lu toutes ses œuvres. Il s'est dit qu'Adèle aimerait ce personnage prestigieux, érudit et sans faille.

Charlotte a posé en tremblant son bras autour de mon cou. Je suis détruit. Explosé. Émietté.

L'« Autre » reprend, d'une voix basse et rauque :

— Il a acheté un téléphone, sans abonnement, à carte prépayée. Étienne savait dans quel lycée travaillait Félicité… Étienne savait qu'elle adorait Gustave Flaubert. Le pauvre Machin savait beaucoup de choses et il les a répétées à Flaubert. Vous me suivez ? Ne bougez pas ! Je n'hésiterai pas à sauter. Petit à petit, il a imaginé de l'emmener sur les pas du grand écrivain. De la sortir de sa tragique routine de petite bonne femme. Étienne savait qu'elle voulait vous organiser un week-end là-bas. Vous vous figurez à quel point il s'est senti humilié qu'elle le lui dise avec toute sa spontanéité ? Mais si Étienne supporte bien de se faire mépriser, il a l'habitude… À part ses parents, personne n'a été capable de l'aimer comme il le méritait… Flaubert, lui, ne le supporte pas.

Nous écoutons, totalement horrifiés. Le salopard continue :

— Alors, petit à petit, Flaubert s'est dit qu'il ne pouvait pas laisser faire cela. Que vous ne viendriez pas en week-end, et mieux ! Qu'elle ne reviendrait pas chez vous. Qu'elle serait à lui, définitivement à lui. Étienne lui a répété qu'Adèle était complètement imprudente au volant, qu'elle téléphonait, lisait ses SMS, roulait souvent au-dessus de la vitesse autorisée. Alors, Flaubert a voulu la déstabiliser, la harceler jusqu'à ce qu'elle perde le contrôle de la voiture. Et ça a marché, bien mieux encore qu'il ne l'imaginait.

Les larmes coulent sur les joues de Charlotte et les miennes. Larmes de désespoir, d'impuissance, de rage, aussi, en ce qui me concerne. Ma sœur me pétrit inconsciemment le cou de ses doigts. Je serre mes genoux avec violence. Je veux le buter.

— Après, Flaubert est mort, en quelque sorte. Adèle disparue, il s'est éteint, lui aussi. Il restait seulement le gentil petit Étienne. Qui a repris sa vie triste et solitaire… « Sa vie était froide comme un grenier dont la lucarne est au nord, et l'ennui, araignée silencieuse, tissait sa toile dans l'ombre à tous les coins de son cœur ».[24] Lamentable. Mais au fond de lui, il se savait apte aux projets grandioses. Et quelquefois, Flaubert lui parlait encore, depuis le gouffre du néant. Il lui disait : « Étienne ne te laisse pas dominer, tu fais partie des grands, tu as été capable d'éliminer un problème… Tu dois le faire savoir au monde et à tous ceux qui te méprisent. » Ça a été dur de m'en convaincre. Je l'ai fait pour Flaubert, un grand monsieur, lui. Et je suis allé vous trouver. Et à partir de là, tout s'est enclenché. Étienne a gagné votre confiance, péniblement. Vous ne m'aimiez pas, hein ? Et vous avez dû vous demander souvent comment votre femme avait fait pour s'enticher d'un tel déchet, non ?

Je ne réponds pas.

— Mais je suis resté et j'ai tout fait pour que cette aventure ait lieu. Je suis venu vous trouver, Germain, avec ce message de menace. C'est Flaubert, bien sûr, qui les envoyait. Mais je voulais que vous sachiez qu'Adèle n'était pas morte bêtement, dans un accident de voiture. Je tenais à vous faire du mal… Et j'y ai réussi. Je vous ai rendu fou, non ?

Mes mains sont tellement serrées sur mes genoux que mes jointures ont blêmi.

— Et moi, le pauvre Étienne, je m'en réjouissais, le soir, dans ma chambre. Je vous trouvais si arrogant, si sûr de vous… Charlotte m'a tout

---

[24] Flaubert, *Madame Bovary*.

de suite semblé plus humaine. Flaubert m'a expliqué qu'elle ne valait pas mieux, qu'elle faisait partie de ce monde où les gens ne connaissent aucune difficulté pour être aimés. Et j'ai voulu vous entraîner dans la même histoire qu'Adèle et peut-être, qui sait, vous tuer aussi. De cela, je n'avais pas une idée trop claire. Si Flaubert n'a pas peur d'éliminer, Étienne est plus réservé…

L'infâme se met à pousser son rire de grelot. Je me rappelle le fou rire que nous avions partagé. Je ne comprends pas ce clown qui s'agite devant moi. Il reprend :

— Et puis, vous vous êtes révélés gentils… Votre sœur et vous m'avez accepté. Petit à petit, nous avons eu des relations amicales et chaleureuses. Flaubert avait beau me répéter de ne pas m'y abandonner, je n'y arrivais plus. Vous m'avez invité, Charlotte, et vous, Germain, vous avez laissé entrevoir qu'une fois cette histoire passée, nous resterions en contact. Que vous aviez de l'affection pour moi ! Plus je sentais la force de vos sentiments et plus je perdais mon identité. Flaubert hantait mes nuits, il grimaçait, il me grondait, il me traitait de lâche…

Étienne est en larmes. La morve coule, des ruisseaux de pleurs jaillissent de ses yeux. Je le regarde avec un mélange de dégoût et de fascination. Charlotte et moi sommes statufiés sur cette falaise, avec le soleil qui descend lentement, la lumière qui se fait rasante et le vent qui se renforce. Est-ce moi qui suis là, à écouter les délires de l'amant de ma femme qui se trouve être son assassin ? Comment tout cela a-t-il été possible ? L'« Autre » reprend, après quelques hoquets et soubresauts :

— Alors, j'ai décidé de venir avec vous jusqu'ici… De toute façon, à Croisset, il n'y aurait eu personne. Flaubert ne savait plus que faire. Étienne non plus. Mais quand vous m'avez assuré de votre estime, j'ai senti que je devais agir. J'ai demandé dans la voiture à Flaubert de disparaître. Et j'ai décidé de sauter. Il me fallait un joli endroit. Pour que je me sente moins mal. Et puis, dit-il avec un geste mélodramatique, ce sera ma tombe. Étienne mérite bien cela, même s'il a eu le tort d'écouter Flaubert…

Nous restons muets un moment.

Le pantin ratiocine encore d'une étrange petite voix. Comment se fait-il que ni ma sœur ni moi n'ayons eu le moindre soupçon que ce mec était complètement givré ?

— … Mais ne vous inquiétez de rien, j'ai tout prévu pour que vous ne soyez pas impliqués dans mon suicide. J'ai écrit hier soir deux lettres, une à mes parents, une au capitaine Mollier. J'explique tout. À mes parents, je demande pardon du dérangement que je vais leur occasionner. Et à la police, je donne tous les détails nécessaires. À charge pour vous de produire les deux téléphones comme preuves. Ah ! Et puis, vous trouverez dans mon studio, sur une étagère, à gauche de la kitchenette, un carton à chaussures. Dedans, il y a le carnet et le stylo qui ont servi à Flaubert, lorsqu'il écrivait les messages de menaces à Adèle. Les lettres, je les ai envoyées ce matin, il y avait dans la cour du musée une boîte destinée aux cartes postales des touristes. Jamais, sans doute, n'avait-on imaginé un courrier pareil !

— Je veux vous tuer, Étienne.

J'ai desserré mes mains et j'essaie de me lever.

— Vous n'en ferez rien. Je vais l'accomplir à votre place, c'est le seul cadeau que j'ai trouvé à vous faire.

— Cadeau ?

Je ne reconnais même plus ma voix, tant elle est étouffée. Et pourtant, j'aurais voulu hurler ma haine.

— Pour ces trois jours si agréables ! Ainsi, Charlotte n'aura pas à aller vous voir en prison, et le petit Étienne va montrer qu'il n'est pas un lâche.

— Vous êtes un lâche, Étienne, dit alors ma sœur avec une voix d'outre-tombe. Vous avez exécuté une innocente et vous refusez de payer pour votre acte.

— Vous n'avez rien compris, piétine le clown au bord de l'abîme. Moi, je n'ai pas tué Adèle ! Je l'aimais. C'est Flaubert qui a tout fait, tout manigancé. Moi, je suis un très gentil garçon !

À nouveau, il renifle et hoquette furieusement.

Ma sœur se tait, les yeux agrandis par la terreur qui semble l'habiter. Enfin, le pantin se reprend :

— Merci pour tout, dit-il, tandis qu'il essuie sa morve sur le duffle-coat. Puis, étonnamment, il enlève son manteau qu'il plie soigneusement et qu'il cale au pied d'un maigre arbuste. Il pose aussi ses lunettes sur le tas de tissu.

Il nous regarde et saute dans le vide.

Charlotte et moi nous levons et nous ruons au bord de la falaise, juste le temps d'apercevoir son corps s'écraser sur la plage sombre en contrebas. De là où nous sommes, nous ne voyons qu'une silhouette disloquée qui rebondit avec un horrible bruit mou.

« Il y a toujours après la mort de quelqu'un comme une stupéfaction qui se dégage, tant il est difficile de comprendre cette survenue du néant et de se résigner à y croire. »[25]

*
* *

« Aucun grand génie n'a conclu et aucun grand livre ne conclut, parce que l'humanité elle-même est toujours en marche et qu'elle ne conclut pas. Homère ne conclut pas, ni Shakespeare, ni Goethe, ni la Bible elle-même. »[26]

*
* *

Laisse-moi te dire une chose, Flaubert... Même s'il n'y a pas de conclusion, je ne suis ni Shakespeare, ni Homère, ni Goethe, ni La Bible, bien sûr, ni toi... Je dispose donc d'une certaine latitude et je me dois d'ajouter un détail.

Prenez juste le temps de tourner cette page pour y lire ces quelques mots...

---

[25] Flaubert, *Madame Bovary*.
[26] Flaubert, *Correspondance, à Mademoiselle Leroyer de Chantepie*.

Épilogue

« **S**uicide mystérieux à la porte d'Amont
Une tragédie nouvelle a fait encore une fois prendre conscience à la mairie d'Étretat de la nécessité de sécuriser le chemin des falaises au nord de la plage. Le cadavre d'un homme a été découvert par des joggeurs, écrasé sur le sable , dimanche, dans l'après-midi. Étienne Malet-Brias, en vacances dans la région, a vraisemblablement mis fin à ses jours en se précipitant du haut de la falaise. La gendarmerie d'Étretat a procédé aux investigations d'usage, aidée en cela par un couple qui a confirmé l'identité de la victime, avec laquelle il était en excursion. Très choqués par la scène à laquelle ils avaient assisté, les deux témoins ont apporté des détails susceptibles de relancer l'enquête sur un accident survenu quelques mois plus tôt, dans la région de Rouen. L'individu, qui a mis fin à ses jours, en porterait la responsabilité majeure. Son geste désespéré serait celui d'un homme aux abois, incapable de faire face aux conséquences de son acte.

On sait également que la victime avait prévenu de ses intentions sa famille ainsi qu'un représentant de la police parisienne.

Une histoire énigmatique qui ne devrait pas faire oublier qu'il y a longtemps que les habitants d'Étretat demandent que l'on prolonge les barrières installées le long du chemin des falaises pour prévenir ce genre d'accident ».

Michel Verrier
Pour *Le Courrier d'Étretat*
Mardi 8 mars 2016

À propos de l'auteur

Elle est sans nul doute une lectrice compulsive depuis toujours, mais aussi une brodeuse et une jardinière appliquée. Elle aimerait que les journées soient parfois plus longues, pour y caser tout ce qu'elle affectionne.

Elle essaye de se discipliner afin d'écrire avec régularité, le matin, de préférence. Pourquoi écrit-elle ? Sans doute pour être lue et pour tenter de transmettre des mondes aussi imaginaires que réels, mais également parce que quelquefois, au détour d'une phrase ou d'un mot, se cache le plaisir de sentir que quelque chose résonne avec justesse. Ce sont ces moments-là qui font oublier les heures de doutes où l'on tourne autour de mille pots.

Du même auteur

Giroflée : vie et mort d'une sorcière (roman, 2014)
Ainsi font, font, font... (essai, 2015)

Retrouvez tous les titres et l'actualité des Éditions HJ :

Sur notre site Internet :

editionshj-store.com

Sur Facebook :

facebook.com/EditionsHJ

Sur Twitter :

twitter.com/EditionsHJ